KB022822

너의 이름은.

Another Side:Earthbound

글 l **카노 아라타**
원작 l **신카이 마코토**

éarth・bòund

① 〈뿌리 등이〉 땅에 고정되어 있는 모양.

② 〈동물, 새 등이〉 지면에서 떠나지 않는 모습:
   an ~ bird 날지 못하는 새

③ 세속에 물들다, 현실적인;상상력이 결여된, 산문적인.

éarth・bòund

(우주선 등이) 지구로 향하는.

〈KENKYUSHA'S NEW COLLEGE ENGLISH—JAPANESE DICTIONARY 7TH EDITION〉

제
1
화

브래지어에 관한 고찰

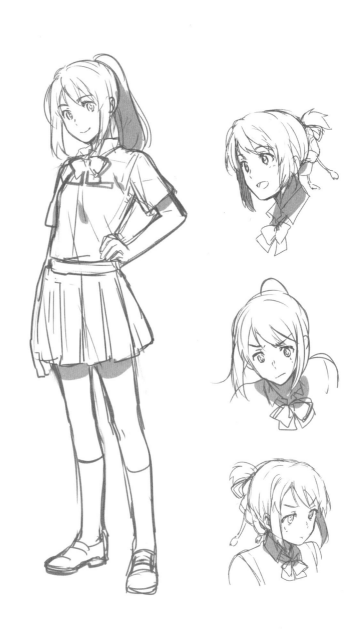

1

창을 통해 스며드는 햇빛이 얼굴에 닿는 불쾌감 속에서 타치바나 타키는 눈을 감은 상태로 얼굴을 찌푸렸다.

그 감촉 덕분에 의식이 서서히 깨어났다. 눈을 뜰 때면 언제나 물속에서 수면을 향해 부상하는 느낌이 든다. 유리창을 통해 들려오는 정원수가 흔들리는 소리가 꼭 파도 소리 같다.

옆으로 누운 자신의 무게가 느껴지기 시작했다. 등에 중력이 가해진다. 이제 눈을 뜨면 새로운 하루가 가차 없이 시작되리라.

눈을 뜨고 싶지 않다….

한동안 잠들었다고도, 깼다고도 할 수 없는 경계 상태에 잠겨 있었다. 이 켜짐과 꺼짐의 중간 상태가 기분 좋다. 아아, 이 시간이 영원히 지속되었으면… 이라는 생각을 했을 때 뭔가 불길한 덩어리 같은 물체가 가슴속에, 아니, '가슴 위에' 얹혔다.

비몽사몽간에도 흠칫 하고 무엇인가가 의식 사이로 스며들었는데, 구체적으로 말하자면.

'이번에는 어느 쪽이지?!'

이어서 반사적으로 몸이 떨렸다. 동시에 온몸에 격렬한 위화감이 밀려들었다.

근육이 덜 느껴져서 소름이 돋았다.

즉 원래 자신의 몸을 구성하고 있던 근육이 지금은 몸 표면을 단단히 감싸고 있지 않은 듯한 느낌과 함께 부드럽고 약한 감촉이 전해지는 바람에 놀란 것이다.

"우와아!"

지나친 위화감을 견디지 못한 타키는 이불을 박차고 일어났다.

빠르게 주변을 둘러보았다. 일본 전통식 방이다.

서서히 방의 풍경에 익숙해졌다.

방 한쪽에 책상과 의자가 놓여 있었다. 처음 보았을 때에는 노비타(주1)의 방 같다는 생각이 들었다. 다다미를 깐 방에 책상을 두는 집이 정말로 있다는 사실이 놀라웠다. 그래도 이 방에는 놓여 있는 물건이 제법 많았기 때문에 노비타의 방처럼 썰렁하지는 않았다. 벽에는 전신 거울이 붙어 있었다. 그리고 옷걸이에는 여학생 교복도 걸려 있었다. 플리츠 스커트이고 다림질도 제대로 되어 있는 상태다. 붙박이 장롱 안에는 옷상자가 가득 들어 있어서 이불을 개켜 넣을 때 고생하게 되리라는 사실을 타키는 이미 알고 있었다.

여자 방이다.

창밖에서는 나뭇잎이 흔들리고 햇살도 비쳐들었다. 그래서 타키에게 이 방은 녹색의 이미지다. 녹색 햇살이 비쳐드는 것은 아니지만 분위기가 녹색이다.

천천히 방 안의 상황을 돌아보면서 타키는 주변의 현실감과 육체의 비현실감을 어떻게든 끼워 맞추려 했다.

"또인가…."

상황을 이해하기가 무섭게 이마에서 땀이 솟아났다. 그 땀 때문에 긴 앞머리가 들러붙었다. 그 머리카락이 성가셔서 머리를 흔들자 등 뒤로 길게 늘어진 머리카락이 목덜미를 스쳐서 섬뜩한 느낌

주1) 노비타: 「도라에몽」의 주인공 소년.

이 들었다.

눈 위에 두었던 손을 내려서 왼팔을 잡았다.

지나치게 부드러운 팔의 감촉에 심장이 덜컹 내려앉았다. 이렇게 부드러운데 제대로 팔로서 움직인다는 사실이 이상하다. 피부 질감이나 근육이 붙은 상태, 아니, 몸 전체가 자신이 아는 인간의 몸과는 다르다. 남자의 몸이 아니다.

여자의 몸이었다.

오늘도 또다시 눈을 뜨니 여자의 몸이 되었다.

깊게 심호흡을 한 뒤에 천천히 길게 한숨을 내쉬었다.

그러기만 해도 '폐활량이 원래의 나와는 다르다'는 사실을 실감하게 된다.

'피곤해….'

오늘도 하루 종일 모르는 마을에서 여고생으로 살아가지 않으면 안 된다. 잘 알지도 못하는 여자가 되어서 모르는 사람들 속에서 모르는 인간관계를 가급적 파탄내지 않도록 조심하며 생활해야 하는 일은 꽤 스트레스가 쌓인다.

게다가.

'또 이 몸인가….'

다루기 불편하다는 것도 매우 곤란하다.

보폭부터 달라서 짜증이 난다.

체중 중심이 원래의 자신과는 다르기 때문에 비틀거리기 십상이다. 발목이 가늘어서 조금만 기울어져도 부러질 것 같다.

발목뿐이 아니라 이 몸은 전체적으로 가늘다.

손을 잘못 대면 늑골이 부러지지 않을까 걱정이 될 정도다.

얼마나 힘을 주면 부서질지 잘 모르기 때문에 오히려 무섭다.

이런 생각을 하면서 타키는 두 손으로 가는 몸을 여기저기 어루만지고 더듬거렸다. 《나는 지금 내 것이 아닌 남의 몸에 들어와 있다》는 사실을 이렇게 감각으로 확인하지 않으면 현실에 대한 의식을 유지할 수 없어서다.

일단 몸 상태 점검을 마친 후에 두 손을 가슴으로 가져갔다. 그리고 잠시 망설인 뒤에 잠옷 위로 솟아올라 있는 부위를 손바닥으로 눌렀다.

손바닥을 살짝 밀어낼 정도로 약한 탄력을 지닌 가슴이 납작해졌다.

손가락을 굽혀서 봉긋한 그 부위를 가볍게 쥐었다.

음.

제법, 있다.

결코 크다고는 할 수 없다.

출렁출렁 흔들흔들. 그런 느낌은 아니다.

손바닥으로 들어 올렸다가 놓았을 때 아래로 떨어질 것 같은 질량감도 아니다.

하지만.

'오오, 가슴이구나.'

이렇게 납득하고, 확실히 받아들일 수 있을 정도로는 충분한 크기다.

음.

충분하다.

이 정도만 되어도 감촉이 의외로 좋다.

진지한 얼굴로 타키는 가슴을 주물렀다.

이러고 있으면 왜인지 모르지만 마음이 편해진다.

말도 안 되는 지금 상태가 장난처럼 느껴지면서 '편하게 생각해' 라고 누군가가 조언하는 듯한 기분마저 든다.

가슴을 주무르면서 머릿속으로 '가슴, 가슴' 하고 중얼거리며 리듬을 타다 보니 서서히 즐거워지기 시작했다.

가슴, 가슴.

쥔다, 놓는다, 쥔다, 놓는다.

우와.

가·슴. 가·슴.

스스로도 바보 같아서 웃음이 나왔다.

한참 즐긴 후에 손을 뗐다. 더 이상은 위험하다. 위험하다는 것은 스스로 멈출 수 없어진다는 뜻이다. 뭐라고 하면 좋을까, 이 앞에는 눌러서는 안 되는 스위치가 존재하는 것 같은 기분이 든다. 코미디 영화에 등장하는 비밀 기지 같은 장소에서 돌아버린 대통령이 집게 손가락으로 대뜸 누르려다가 주변 사람들에게서 강력하게 제지를 받는, 그런 장면에 등장하는, 눌러서는 안 되는 붉은 스위치 말이다. 그 스위치를 누르면 돌이킬 수 없게 된다.

'그리고 미츠하에게 들키면 큰일 날 것 같으니까.'

왠지 양심에 찔려서 괜히 방 안을 돌아보는 사이에 갑자기 알람 소리가 들려서 등을 움찔 떨었다.

책상 위의 휴대전화가 울리고 있었다. 몇 년 전에 발매되었던 전체 화면 타입 기기다.

집어 들어보니 미츠하로부터 온 메시지가 표시되어 있었다. 매일 정해진 시간에 문자 메모를 표시하는 앱이었다.

'나와 몸이 바뀔 때를 대비해서 매일 아침 이 메시지를 표시하는 건가, 그 녀석.'

내용은 늘 그렇듯 규칙 확인이었다.

〈미츠하→타키에게!〉

〈목욕 절대 금지!〉

〈몸은 보지 않는다! 만지지 않는다!〉

〈앉을 때 다리를 벌리지 말 것!〉

〈남자애들 만지지 말 것!〉

〈여자애들도 만지지 말 것!〉

이어서 새로운 항목이 추가되어 있었다.

〈진짜로, 어쨌든 내 몸을 가지고 멋대로 굴지 마. 그리고 알고 있겠지만 여자 탈의실에 들어가는 날에는 수단과 방법을 가리지 않고 복수하겠어.〉

무섭잖아!

타키는 반사적으로 휴대전화에서 얼굴을 뗐다.

메시지가 아니라 협박이다.

그도 자신의 몸을 그녀에게 맡긴 상태다. 그사이에 무슨 일을 당할지 모르는 상황임은 마찬가지다.

꼼짝할 수 없다. 어설픈 짓은 하지 말아야겠다.

미츠하는 '이 몸'의 주인이다.

설명을 하려면 끝도 없지만(그리고 타키에게도 설명할 수 없는 점이 있지만), 도쿄 도 지요다 구 로쿠반초에 사는 남고생 타치바나 타키와 기후 현 Z군 이토모리 마을에 사는 여고생 미야미즈 미츠하는 현재 주기적으로 서로 인격 전이를 일으키는 사이였다.

조금 더 단순하게 말하자면 이 두 사람은 때때로 의식이 서로 바뀐다.

그게 무슨 소리냐, 의미를 모르겠다고 생각하는 사람들이라면 오오바야시 노부히코 감독의 영화 「전학생」을 보거나 야마나카 히사시의 「내가 그 녀석이고 그 녀석이 나이고」를 읽으면 단숨에 상황을 감 잡을 수 있으리라 생각한다.

교체는 일주일에 두세 번 정도 불규칙적으로 발생하고, 그 계기는 수면이다.

아침에 타키의 의식이 미야미즈 미츠하의 몸에 들어간 상태로 눈이 뜨이고 미츠하의 의식은 타치바나 타키의 몸에 들어간 상태에서 눈이 뜨인다. 그리고 하루가 지나고 다시 잠들 때까지 그 상태가 지속된다. 누워서 잠이 들면 다시 원래 상태로 돌아가는 시스템이다.

낮에 낮잠을 자는 정도로는 의식 교체가 일어나지 않는다. 실제로 수업 중에 졸아서 깨달은 사실이다.

처음으로 이런 상황에 처했을 때 타키는 '현실 같은 꿈을 꾸고 있다'고 생각했다. 잠든 사이에, 낯선 여자로 변해서 모르는 장소에서 생활하는 꿈을 꾸는 도중이라고 생각했던 것인데….

그렇다고 보기에는 지나치게 사실적이었다.

낯선 풍경인데도 너무 생생하게 느껴지고 들려오는 소리도 분명했으며 감촉도 제대로 느낄 수 있는데다 등장하는 인물들의 설정도 지나치게 자세했다.

저도 모르게 노트 한 면에 인물 관계도를 그릴 수 있었을 정도다.

꿈속에서 미야미즈 미츠하라는 인물이 되어 하루를 생활한다…. 그런 꿈이 몇 번이고 반복되었다.

그것뿐이라면 좀 이상한 꿈을 계속 꾸고 있구나, 혹시 모르니 상담을 받아볼까, 이런 수준에 불과했을지도 모른다. 그랬다면 얼마나 좋았을까.

이제 좀 위험하지 않은가 하는 생각을 하기 시작한 것은 꿈속에서 하루를 보내고 나면 자기 기억이 하루치 날아간다는 현실을 인식했을 때였다.

미야미즈 미츠하가 되는 꿈을 꾸면 화요일 다음 날이 목요일이 되어 있었다.

아르바이트를 하는 곳에 내가 한 적 없는 실수를 한 기록이 남아 있었다.

고등학교 수업 내용이 하루치 기억에서 사라지고 없었다. 아니, 그 수업을 받은 기억 자체가 남아 있지 않다고 해야 옳으리라.

마치 한 주 방송 분량을 건너뛰고 텔레비전 드라마를 이어서 시청하는 기분이었다.

그러나 그것뿐이라면 전문 병원에 가서 검사를 받고 해결할 일이다. 그 정도로만 대처해도 좋았을 것이다.

그런데 들은 기억이 없는 수업 내용이 낯선 필체로 기록되어 있었다.

아니, 낯선 필체라는 말에는 어폐가 있다. 정확하게 말하면 타키는 그 필체를 본 적이 있다. 꿈에서 말이다.

그것은 미야미즈 미츠하의 노트에 적힌 글씨와 같았다.

'아마도 나와 거의 같은 시점에 그 녀석도 필체에 관해 깨달았겠지….'

결정적으로 휴대전화의 일기 앱에 기억이 날아간 하루 동안에 벌어진 일들이 유달리 가벼운 문체로 적혀 있었다.

그 일기의 끝에는 '미츠하'라는 서명이 붙어 있었다.

아침에 타키가 자기 방에서 눈을 떴을 때 왼쪽 팔 안쪽에 유성 펜으로 크게 적은 '미츠하'라는 낙서가 남아 있던 적도 있었다. 이름 옆에 '왔다 감'이라는 말까지 쓰지 않은 것이 이상할 정도다.

이 정도면 서로 깨닫지 못할 수가 없다.

즉, 이건 꿈이 아니라.

미야미즈 미츠하는 환상 세계의 등장인물 따위가 아니라.

그녀도, 그리고 그녀 주변의 세상도 현실에 존재하고 타키의 의식이 모르는 사이에 그녀의 몸으로 흘러들어갔으며, 그사이에 미야미즈 미츠하의 의식은 타키의 몸에 들어와 활동하고 있다는 이야기다.

이 결론에 대한 타치바나 타키의 첫 반응은 이랬다.

"농담이지?!"

한편 미야미즈 미츠하가 휴대전화의 메모 기능을 이용해 남긴 첫

마디는 이랬다.

〈변태!!〉

변태 아니거든! 이라는 문장을 메모 아래에 빠르게 남긴 타키. 의도적으로 여자의 생활을 몰래 염탐했다면 변태라고 불려도 할 말이 없지만 지금은 불가항력 상태다. 이런 성가신 일을 타키가 바랐을 리가 없지 않은가.

이렇게 휴대전화 메모장에 입력하여 반박해보았지만.

〈내 몸을 마음대로 쓰고 있으니 변태 맞잖아?!〉

다음에 뒤바뀌었을 때 이런 반박문을 읽게 되었다.

몸을 마음대로 쓰다니 무슨 뜻이야.

이 녀석, 꽤 위험한 소릴 하고 있는데, 깨닫지 못하고 있는 걸까.

대충 이 정도가 되니, 미야미즈 미츠하라는 인격에 관해 희미하게나마 윤곽을 잡을 수 있었다.

―이 여자, 꽤 바보구나.

이불을 갰다. 잠옷을 벗어 바닥에 내려놓았다. 가슴을 주무를 때보다 옷을 벗을 때가 왠지 더 죄책감이 느껴진다. 옷걸이에 걸려 있던 교복을 입는다. 이 스커트라는 이름의 무시무시한 옷은 단추와 지퍼만 달려 있을 뿐 허리띠도 없는데 몸에 안정적으로 고정된다. 놀라운 일이다. 딱 달라붙는다는 말은 이럴 때 쓰는 표현일까. 이어서 폭이 좁고 작은 흰색 셔츠를 입고 단추를 잠글 때면 묘한 감회마저 느껴진다.

이런 행위에 일일이 놀라게 된다.

머리카락을 한데 묶는다. 진짜 미츠하는 좀 더 신경을 써서 묶을지도 모르지만 타키로서는 이 정도가 최선이었다.

갖추어야 할 차림새를 갖추고 나니 기합이 들어간다.

오늘도 하루 종일 어떻게든 여학생인 척 굴어야지.

기합이라도 넣지 않으면 좌절할 것 같아서 두렵다.

《누구니, 너?》

누군가가 갑자기 진지한 얼굴로 이렇게 물을까 봐 무섭다. 그런 말을 들으면 분명히 심장이 멎을 것이다.

지금까지 주변 반응을 살핀 결과, 미야미즈 미츠하가 평소에 어떤 식으로 말을 하는지 대충 감을 잡을 수 있었다.

감을 잡았어도 하루 종일 흉내를 내기는 어렵다. 점심 전까지는 확실히 어설프다. 알게 모르게 남자처럼 말할 때가 있어서 학교 친구들을 놀라게 하는 타키다. 늘 반성하지만 쉽게 고쳐지지는 않는다.

조금 더 튜닝을 해야 할지도 모르겠다.

"―아, 그렇지."

눈앞에 마침 알맞은 문장 예시가 있다는 사실을 떠올렸다. 미츠하가 휴대전화에 남긴 메모다. 즉 이 메모는 미야미즈 미츠하의 육성과 마찬가지라는 뜻이다. 이 문장을 자연스럽게 말로 할 수 있으면 되지 않겠는가.

시도해보았다.

"…진짜로, 어쨌든 내 몸을 가지고 멋대로 굴지 마!"

자신이 했지만 너무 과장된 감이 없지 않다. 아마추어 극단의 신

인 연기자 같았다.

"─그리고 알고 있겠지만! 여자 탈의실에 들어가는 날에는 수단과 방법을 가리지 않고 복수하겠어!"

최선을 다해 협박해보았지만 이 목소리로는 위협적인 느낌이 들지 않는다.

두세 번 같은 말을 반복했지만 결국 바보 같다는 생각이 들어 그만두고 말았다. 문득 타키는 이상한 느낌이 들어서 고개를 돌렸다. 살짝 열린 미닫이 문 사이로 작은 눈동자가 이쪽을 응시하고 있었다. 그 눈이 깜박이더니 살짝 움직였다.

"으어억!"

연기가 아닌 진짜 목소리가 튀어나오고 말았다. 밝지 않은 일본풍의 방에서 이런 일을 당하면 요코미조 세이시[주2]의 민속적 공포 세계가 그다지 멀지 않게 느껴진다.

여동생인 요츠하였다. 미츠하와는 나이 차이가 좀 나서 아직 초등학생이다. 그 초등학생은 살짝 열린 미닫이 문 너머에서 입술을 일그러뜨리고 눈썹을 올리더니 가재처럼 뒷걸음질을 치며 문을 닫았다. 말은 한 마디도 하지 않았지만 표정을 굳이 밀로 표현하자면,

'으헉.'

그런 표정이었다.

시간에 쫓기며 집을 나섰다. 학교까지 가는 길은 반 정도 여동생 요츠하와 함께 걷기 때문에 헤맬 일이 없었고, 여동생과 헤어진 뒤에도 죽 외길로만 가기 때문에 아무런 문제가 없었다.

주2) 요코미조 세이시: 소설가. 일본의 풍토와 토착성을 기반으로 한 추리소설로 유명하다. 대표작으로는 긴다이치 코스케가 탐정으로 활약하는 시리즈가 있다.

이토모리라는 이름을 지닌 이 작은 마을은 이토모리 호수를 둘러싼 형태로 형성되어 있었다. 이토모리 호수는 산 사이에 생겨난 그렇게 크지 않은 호수다. 깊은 산속에 갑자기 호수가 나타나는 풍경은 제법 환상적이었다. 산지가 호수를 둘러싸고 있어서 호수 주변은 대부분 경사면이었기에 민가나 도로는 사면 중간을 메우거나 깎아내서 만든 수평면에 세워져 있었다. 그래서 도로는 마을을 빙 둘러서 나 있었다. 앞으로 가도, 뒤로 가도 목적지에 도착하는 데는 무리가 없다는 뜻이다.

타키는 주변 풍경을 살폈다.

도로보다 낮은 경사면에 심어놓은 나무들 사이로 풍경이 눈에 들어왔다. 바람이 불어서 살짝 파문이 일어난 이토모리 호수의 표면에 아침 햇살이 반사되어 유리 조각처럼 반짝거리고 있었다.

그 너머에 녹색 나무들로 둘러싸인 산의 풍경. 이쪽은 연하고 저쪽은 짙은 복잡한 음영을 드리우고 있었다.

그런 산의 다양한 표정에 시선을 두고 있을 때면 타키의 마음속에 감동과도 같은 감정이 솟아오른다.

어쩌면 이것이 노스탤지어가 아닐까.

타키가 나고 자란 지역은 도쿄 23구. 심지어 야마노테(山手) 선 안쪽에 속하는 도심이며, 타키에게는 지방에 고향이 따로 없었다. 귀향이란 것도 해본 적이 없다.

그렇기에 고향을 그리워한다는 감각을 이해할 수가 없었다. 하지만 지금은 왠지 마음이 간질거리는 듯한 느낌이 든다.

타키는 문득 걸음을 멈추고 그 풍경을 빤히 바라보았다. 시야를

넓게 해서 전체적인 풍경을 의식 속에 새겨 넣듯이 말이다.

빛이 호수 표면에 반사되어 반짝거리고 조용하게 굽어지는 산과 산 사이에서 바람이 불어와 몸을 스쳤다. 머리카락을 흔들었다.

바람에는 냄새가 있다. 물과 흙, 그리고 나무의 기운이 보이지 않을 정도로 작고 투명한 캡슐에 담겨 바람에 섞여서, 뺨에 닿으면 터지기라도 하듯이 아련한 냄새다.

바람이 향기를 머금고 있다는 사실을 타키는 이 마을에서 처음 경험했다.

예감이 든다.

앞으로 그는 그립다는 개념을 이 풍경과 함께 떠올릴 것이다.

이 풍경은….

어딘가로 돌아간다는 개념을 지닌 적이 없던 타키에게 신이 선사한 '고향'이라는 이미지가 아닐까.

구체적인 말로 정리하기는 어려웠지만 타키는 그렇게 느꼈다.

"아침부터 뭘 하고 있어?"

뒤에서 누군가가 어깨에 턱을 얹었다. 뒤를 돌아보니 나토리 사야카가 양 갈래 머리를 흔들며 서 있었다. 그 뒤에서는 빡빡 밀어버린 머리에 덩치가 큰 테시가와라 카츠히코가 여성용 자전거를 끌고 하품을 하며 다가오고 있었다.

타키가 지금까지 관찰한 결과에 따르면 이 두 사람과 미츠하는 가족이 모두 알고 지내는 소꿉친구 사이였다. 학교에서는 늘 세 명이 함께 다닌다. 주변의 표현에 따르면 '삼총사'인 셈이다.

타키는 처음에 '미츠하를 잘 아는 사람과 오랜 시간 같이 행동하면 곤란하겠지'라고 생각하고 경계를 했지만 곧 그렇지 않음을 깨달았다. 두 사람은 비교적 느긋한 성격이어서 미츠하의 인격(의 내부)을 의심하지 않았고, 특히 사야카는 좀 이상하다 싶으면 직설적으로 '왜 그래?'라고 묻기 때문에 오히려 둘러대기가 쉬웠다. 솔직히 얼마나 도움이 되는지 모른다.

그렇기 때문에 타키는 학교에서 가급적 이 두 사람과 함께 행동하기로 했다. 미츠하의 행동으로 보아도 그편이 자연스럽다. 현실성을 추구하려면 '사야'와 '텟시'라는 애칭으로 두 사람을 불러야 하지만 그렇게까지 거리감을 좁히기는 그래서 '저기'나 '있지'라는 식으로 대충 호칭을 흘려 넘기기는 한다.

나토리 사야카가 "또 머리가 엉망이네. 스커트도 안 접었고" 라면서 머리 위로 한데 묶은 타키의(아니, 미츠하의) 머리를 가볍게 잡아당겼다. "또 늦잠 잤어?"

"늦잠을 자기도 했지만. 이게 최선이었다고⋯."

타키는 울 것 같은 얼굴을 했다. 이미 오리지널 미츠하의 말투를 흉내 내겠다는 결심은 산산조각 난 상태였다.

"스커트도. 이 이상은 무리."

지금까지 타키는 세상의 여고생이라는 인종이 얼마나 굳은 결심을 하고 스커트를 짧게 말아 올리는지 알지 못했다. 타인 입장에서 보면 여자의 치마 길이가 짧으면 순수하게 기뻐할 수 있겠지만, 막상 스스로 스커트를 입는 신세가 되니 이보다 더 무서운 일은 없을 정도다⋯.

사야카가 고개를 갸우뚱거리며 말했다. "너, 짧은 스커트는 여고

생의 존재 의의라느니, 라고 말하지 않았어?"

"그 녀석은 그런 말도 했구나…." 타키는 입속으로 작게 중얼거렸다.

"학교에 가서 머리 다시 묶어줄까?"

"아니, 괜찮아." 타키는 일단 거절한 후에 작은 목소리로 중얼거렸다. "스스로 풀 자신이 없거든…."

"뭐, 그것도 좋은데. 역사 드라마에 등장하는 검호 같아"라고 테시가와라가 끼어들었다. "「신고 10번 승부」(주3) 같은."

"사무라이 같다는 뜻이잖아" 하고 사야카가 눈살을 찌푸리며 무릎으로 테시가와라를 쳤다. "그런데 그게 뭐야. 영화?"

"오오카와 하시조."

"누군데?"

사야카와 타키가 동시에 물었다. 서로 얼굴을 마주 보는 동작까지 똑같았다.

2

미야미즈 미츠하가 다니는 고등학교는 유달리 넓었다. 단순히 학교 부지 면적이 넓기도 하지만 학교 건물이 작고 설비도 적어서 더 넓게 보였다. 게다가 주변은 언덕이어서 황량함마저 느껴졌다.

현관에 들어서면 신발장이 적어서 일단 놀라게 된다. 1학년이 두 학급밖에 없다.

교실에 들어가니 학급 총 인원의 반 정도가 이미 와 있는 상태였

주3) 신고 10번 승부: 新吾十番勝負. 카와구치 마츠타로의 소설. 영화 및 TV 드라마 시리즈로 만들어져서 오오카와 하시조 등이 출연했다.

다. 여자 두 명과 남자 한 명으로 이루어진 한 무리가 사물함 근처 자리에 앉아 있었다. 타키가 들어서자 순간 이쪽을 바라보더니 다시 시선을 돌려 작은 소리로 뭐라고 속삭이며 키득거렸다.

좋지 않은 느낌이 들었다. 타키는 저 세 사람의 이름을 기억하지 못했다. 노트를 펼치고 직접 제작한 반 학생 명단과 인물 특징을 확인하면 알 수 있겠지만 그럴 생각도 들지 않았다.

그 세 사람은 이곳에서는 잘나가는 그룹에 속해 있는 모양이었지만 타키 입장에서 보기에는 촌스러울 뿐이었다. 그런데 어째서 선택받은 인간처럼 구는지 이상할 정도다.

타키가 미츠하의 자리에 가방을 내려놓기 무섭게 그 세 사람은 누구에게라고 할 것 없이 이런 말을 던졌다.

"아가씨라더라."

"어머, 뭐어?"

"우리 옆집 할아버지가 말이야, 어느 종교 관련 집안 애를 아가씨, 아가씨 하고 부르더라니까."

―뭐?

―푸훗, 요즘 시대에 아가씨라니. 촌스러워.

―신사가 마을의 중심 취급을 받던 때는 전쟁 전까지잖아.

―오냐오냐 떠받들어 주니까 착각에 빠지는 사람이 있나 보지. 왜, 사람들 앞에서 우아하게 춤도 추잖아, 높은 데서.

―탤런트라도 된 줄 아나.

―노인네들의 아이돌 아니야?

―뭐야, 그게(웃음).

나토리 사야카의 얼굴이 굳어졌다. 타키는 무표정한 얼굴로 라디오 방송이라도 듣듯이 흘려듣는 중이었다. 누구에게 하는지도 모를 이야기는 큰 목소리로 이어졌다.

　─그리고 있잖아, 그거. 축제 때 그거.

　─아, 그거 말이지.

　─쌀을 씹어서 퉤 하고 뱉는.

　─역겨워.

　벌떡 일어서려는 테시가와라의 어깨를 타키가 위에서 눌렀다. 의협심은 고맙지만 제3자가 두둔하고 나서면 오히려 일이 성가셔진다.

　'또 시작인가.'

　타키는 속으로 이렇게 중얼거렸다.

　얼마 전에도 비슷한 일이 있었다. 지치지도 않는 놈들이다.

　타키로서는 의미를 알 수 없는 부분도 있었지만 아무래도 전부 미츠하를 가리키는 말 같기는 하다.

　미츠하는 마을 사람 대부분이 같은 신을 모시는 이토모리 마을의 오래된 신사 집안의 손녀딸이었다. 할머니가 신사를 지키는 궁사(宮司)를 맡고 있기 때문에 미츠하와 요츠하는 무녀 역할을 한다. 연말연시에 신사 사무소에서 파마(破魔) 화살을 파는 아르바이트 무녀 수준이 아니라 본격적으로 제사 등에서 중요한 역할을 맡는 완벽한 종교 관계자다. 미야미즈 신사는 현재는 단순히 지역 수호신을 모시는 장소에 불과하지만 예전에는 신사의 영역을 넘어서 영주와도 같은 존재였다고 들었다. 지금도 그런 역사의 영향이 남아 있었다. 덕분에 미츠하의 아버지는 이토모리 마을의 현역 이장이기도 하고 말이다.

미츠하는 눈에 띄는 존재였다. 그런 사실을 마음에 들어 하지 않는 녀석들이 종종 이런 식으로 행동하고는 한다.

—자, 기분 좋게 떠드는데 미안하지만.

타키는 의식을 전투 모드로 변경했다.

안됐지만 자신은 이런 일을 무시하고 넘길 성격이 못 된다.

타키는 천천히 걸어갔다. 여자 두 사람은 그에게서 등을 돌리고 있었다. 그들의 등 뒤로 다가가서 두 팔을 벌리고 여자들의 목을 대뜸 끌어안았다.

다른 사람들의 눈에는 여학생 세 명이 사이좋게 지내는 것처럼 보이겠지만 실제로는 거의 목을 조르는 상황이었다. "잠깐…" 이라는 말이 들리기는 했지만 억지로 그녀들을 제압한 뒤에 타키는 그녀들의 귀에 얼굴을 가까이 댔다. 그리고 이렇게 말했다.

"재미있는 소리를 하네."

눈은 맞은편에 있는 세 번째 남자를 똑바로 응시하는 상태다. 품에서 벗어나려 애쓰는 두 여자에게 잘 들리도록 천천히 말을 잇는다.

"잘 안 들려서 그런데, 다시 한 번 말해줄래? 자, 뭐가 역겨운지 말해줘."

여자들이 입을 다물었다. 남자가 어쩔 줄 몰라 하기 시작했다.

"자, 말해봐."

세 사람이 입을 다물었다. 어어, 나 으으, 같은 신음 소리 외에 의미가 있는 말이 입에서 흘러나오지는 않았다.

"할 말이 없어? 그러면 다른 이야기를 들어볼까? 아무개 씨가 그랬다더라가 아니라 정확한 이름이 있는 이야기를 말이야. 어디 사시는 누구 할아버지가? 누구에 관해서? 뭐라고 했다고?"

"아니…." 남자가 말을 흐렸다.

"나는… 나는 정확한 이야기를 듣고 싶어서 그래. 그러니까 너희들이 나에게 뭐가 궁금한지 물어보는 것뿐이야."

"우리는 별로."

"그래? 아무 말도 안 했다 이거지. 나에게 할 말이 별로 없다고?"

아무도 대답하지 않았다.

타키는 낮은 목소리로 말했다.

"그러면 처음부터 닥치든가."

그제야 두 팔을 풀었다.

자기 자리로 돌아오는 길에 다른 학생들이 말없이 자신을 바라보는 시선을 느꼈다. 타키가 손을 두 번 마주친 후에 날카롭게 "자, 이제 끝" 하고 말하자 그 순간 여기저기에서 한숨 소리가 흘러나오더니 분위기가 부드러워졌다.

타키는 자리에 앉아서 손가락으로 뺨을 지탱하듯이 했다. 그리고 이 몸의 주인인 미야미즈 미츠하에 관해 생각했다.

이런 빤한 시비가 매일같이 일어나는 모양이다. 아마도 미야미즈 미츠하는 늘 들리지 않는 척 입을 다물었으리라.

왜 그렇게 생각하느냐면, 험담은 원래 반박하는 사람에게는 하지 않기 때문이다. 이렇게 들리는 곳에서 험담을 한다는 것은 미츠하가 지금까지 아무 반박도 하지 않았다는 의미밖에는 되지 않는다.

영문을 모르겠다.

들으라고 험담을 하니까, 붙들고서 야, 대화하자 하고 협박하면 그만 아닌가.

타키는 불쾌함을 느꼈다. 험담을 하던 세 사람이 아니라 그런 상황을 참고 있던 미야미즈 미츠하에 대한 불쾌함이었다.

문득 사야카가 오른쪽 다리를 찰싹 하고 때렸다. 무의식적으로 오른쪽 발목을 왼쪽 다리 위에 올려놓은 자세를 취했기 때문이다.

'아, 진짜 좀, 봐달라고.'

불쾌함이 여전히 남아 있는 채로 타키는 전혀 사용하지 않는 교실이 나란히 자리 잡은 건물 한구석의 거의 사람이 다니지 않는 계단참에 서 있었다. 이런 곳에 서 있는 이유는 이 구역 청소 당번으로 당첨되었기 때문이다. 타키 외에는 아무도 없었다. 타키 외의 학생들이 땡땡이를 쳐서가 아니다. 원래 학교가 학생이 적고 건물도 좁은 편이었기 때문에, 청소 당번은 한 명 단위로 각 위치에 배치되는 것이다.

타키는 빗자루를 흔들면서,

'익숙하지 않은 몸 안에 들어와 있는 현실만으로도 불편하니, 귀찮은 인간관계에까지 직면하고 싶지는 않은데….'

이런 생각을 하고 있었다.

정말 귀찮아 죽겠다.

몸을 움직이는 일도 여의치 않은데 불쾌한 일까지 겪고 싶지는 않다. 스트레스가 배로 늘어나기 때문이다. 그냥 하나만 하라고, 좀.

미츠하의 팔은 약간 짧다. 펜이건 뭐건 물건을 손에 쥐려 할 때마다 약간의 어색함이 느껴진다.

목표로 삼은 위치로 걸어가려 할 때에도 예상했던 걸음 수로는 도달하지 못할 때가 있다.

그런 '약간의 어색함'이 문제다. 약간의 차이에 불과하기 때문에 방심했을 때 그 차이가 느껴진다. 신경에 거슬린다. 차라리 큰 차이였다면 이렇게 짜증이 나지 않을 것이다. 큰 차이라면 의식적으로 각오를 하게 되니까 말이다.

힘이 모자라는 점도 아쉽다.

'하지만 연비는 좋군.'

타키는 원래 몸에 있을 때면 거의 기아 상태의 공복을 느낄 때가 있었지만 미츠하는 그렇지 않아 보였다.

게다가 근육이 부드러운 덕분인지 관절 가동 범위가 넓다.

체중이 가벼운 탓일까, 빠르게 움직일 수 있다.

조작에 익숙해지면 이 몸도 꽤 편할지도 모르겠다.

타키는 이렇게 '외바퀴 자전거를 탈 수 있게 되면 즐거울 것 같다'에 가까운 생각을 품게 되었다.

빗자루를 집어던지고 손가락을 튕겨보았다. 처음 두세 번은 실패했지만 곧 메마르고 훌륭한 소리가 나기 시작했다.

손가락을 딱딱 튕기면서 리듬에 맞추어 몸을 흔들었다.

입으로는 박자를 맞추는 베이스 라인 음을 흉내 낸다.

타키는 시험 삼아서 마이클 잭슨의 「스무스 크리미널」의 도입부

부분의 안무를 춰 봤다.

포즈에 맞춰서 정지.

자잘한 스텝을 밟다가 정지. 동시에 핑거 클랩.

스핀 후에 정지.

중학생 시절에 농구부에서 마이클 잭슨의 댄스를 따라 하는 것이 이상하게 유행하던 때가 있어서 그때 배워두었던 안무다. 동영상을 참고로 해서 제일 잘 추는 사람이 승리한다는, 정확한 목표를 알 수 없는 경쟁을 벌였었다. 타키의 예전 농구부 친구들은 모두 이 춤을 출 수 있다.

미츠하의 몸은 타키에게는 너무 가벼워서 안무가 흔들린다. 예상했던 지점에서 딱 멈추어 설 수가 없어서 아쉽다.

스텝을 밟다가 실수를 해서 몇 번이나 발목을 삐끗할 뻔했다.

하지만 다리는 놀랄 만큼 유연했다. 탄력은 약했지만 대신 타키의 몸으로는 결코 할 수 없었던 복잡한 표현을 해낼 수 있다.

점점 이 몸을 어떻게 움직이면 좋을지 알 수 있게 되었다.

손가락으로 권총 모양을 만들어서 조준하는 안무가 있고….

이어서 문 워크.

정지.

춤을 춰보니 몸의 중심이 어느 높이에 있는지, 그리고 손발 길이가 어느 정도 되는지 파악할 수 있었다. 조금 더 익숙해지면 넘어질 걱정은 하지 않아도 될 것 같다. 미츠하의 몸에 들어온 날에는 체조 대신 매일 아침 춤을 추어도 좋겠다 싶다.

의식과 운동 신경이 드디어 이어진 기분이 들었다.

제대로 움직여보니 이 몸도 즐겁다. 유연해서 더욱 좋다. 아마도 요가의 어려운 자세를 시도해도 놀랄 만큼 제대로 해낼 수 있을지도 모르겠다.

한동안 멈췄다가 다시 춤을 추고 숨을 내뱉은 뒤에 몸을 풀었다. 팔에서 힘을 빼고 몸을 축 늘어뜨렸다. 그러자 계단 위쪽에서 오오 하는 소리가 들려왔다.

타키는 고개를 들었다. 여학생 세 명이 그를 내려다보면서 입으로 '오' 하는 모양을 만들거나 손가락 끝으로 소리 없는 박수를 치고 있었다.

타키에게는 낯선 학생들이었다. 같은 반이 아니라는 뜻이다. 옆 반이나 하급생일지도 모르겠다. 하지만 그렇다고 지인이 아니라는 법은 없다. 이 학교에서는 모두가 서로 얼굴을 알고 지내는 듯했기 때문이다.

"와, 뭐야, 멋지다."

계단을 내려오면서 세 명이 말을 걸었다.

"미야미즈가 생각지도 못한 행동을 해서 놀랐어."

"미츠하, 그런 사람이었어?"

타키는 마지막 질문에만 대답했다. "아니, 이 여자가 어떤 사람인지는 나도 몰라."

"뭐?"

"아무것도 아니야."

3

그날 학교에서 있었던 일은 그 정도였다. 저녁 식사 당번이었던 타키는 미츠하네 집으로 돌아와서 저녁을 차렸다. 토마토가 있기에 껍질을 벗겨서 닭고기 토마토 볶음을 만들었다. 곁들인 반찬은 완두콩과 시금치 소테. 그리고 배추 콘소메 스프. 아르바이트를 하던 가게에서 셰프가 만들던 요리를 어깨너머로 배워 간단하게 재현한 것이다. 근처 농가 사람들이 이 집에 들러 툇마루에 채소를 두고 가고는 했기 때문에 양배추나 배추 같은 채소는 늘 풍부했다. 저녁 식사는 방금 만든 요리에 평소에 먹는 녹미채 볶음과 우엉조림, 그리고 쌀밥. 요츠하가 "메뉴가 서로 안 어울려"라고 참견했지만 타키는 무시했다.

목욕은 하지 않고(할 수 없고) 교복을 벗어서 깔끔하게 옷걸이에 걸어둔 뒤에 먼지떨이로 스커트의 먼지를 털었다. 갓 세탁한 흰 셔츠에는 다림질도 했다. 그 뒤에 파자마로 갈아입고 하루를 마무리하는 의미로 다시 한 번 몸을 어루만져볼까 하다가 보복이 두려워져서 참고 이불에 누웠다.

눕기가 무섭게 잠에 빠져들었다.

다시 '뒤바뀜'이 일어난 때는 주말을 포함한 사흘 뒤였다. 느긋하고 편안하게 적응할 틈도 없이 휴대전화 앱의 알람 소리를 듣고 벌떡 일어났다.

〈잠깐만! 내가 할 수 없는 일은 하지 말라고 했잖아?! 요청 따위가 들어와서 엄청 귀찮아졌거든!〉

타키가 휴대전화를 집어 들기가 무섭게 화면에 표시된 메시지.

금지 항목 리스트에 새로 한 줄이 추가되어 있었다.

〈마이클 금지.〉

문장이 지나치게 의미 불명이라서, 의미심장하다.

자기도 내 인간관계를 마구 바꿔놓고서 무슨 소리인가. 오쿠데라 선배하고 멋대로 친해지면 어떻게 하냐고. 타키는 앱의 끝부분에 이렇게 적고서 일단 가슴을 주무른 후에 옷을 갈아입고 늘 그렇듯 학교로 향했다. 언제나처럼 도중에 사야카와 테시가와라를 만나서 평범하고 일상적인 대화를 나누었다. 대화가 어색해질 때에는 청년성 건망증이라는 것으로 둘러댔고 말이다.

나토리 사야카가 걱정하며, 괜찮아? 하고 안색을 살폈다. 괜찮냐, 아니냐를 묻는다면 가끔 인격이 바뀌는 상황이라 전혀 괜찮지 않다고 대답할 수 있겠다. 하지만 그런 말을 해봤자 소용이 없으니 아마도 괜찮지 않을까? 하고 애매하게 대답했다. 어쩌면 더 걱정을 하게 만들었는지도 모르겠다.

수업도 멍하니 들었다. 미츠하에게서 휴대전화 메모를 통해 야단을 맞지 않을 정도로만 기계적으로 노트 필기도 했다.

멍하니 시선을 돌리다가 벽에 표시된 시간표를 발견했을 때 타키는 저도 모르게 몸을 앞으로 내밀었다.

'…체육?'

몇 번을 보아도 다음 시간은 체육이라고 적혀 있었다.

책상 옆에 걸려 있던 보조 가방 안을 조심스럽게 확인했다. 미츠하가 어제 준비해둔 가방을 그대로 들고 온 상태였다. 가방 안에는 트레이닝복 재질의 체육복 상하의가 들어 있었다.

〈여자 탈의실에 들어가는 날에는 어떻게든 복수하고 말겠어.〉

그 말이 뇌리에 떠올랐다.

여자 탈의실에 들어가고 싶은지 아닌지를 묻는다면 약간은 들어가 보고 싶은 생각이 들기도 한다. 그런 마음이 완전히 없지는 않다. 하지만 역시 들어가고 싶지 않다. 미츠하와의 신의 이전에 무수한 여학생들이 사무적으로 옷을 벗고 입는 장소에 있어야 하는 상황 자체가 순수하게 무서워서다.

그렇기는 하지만….

'남자 탈의실에 가서 옷을 갈아입을 수도… 없잖아.'

당연하다.

수업이 끝남과 동시에 타키는 가방을 들고 서둘러 교실을 나섰다. 나토리 사야카 같은 친구들이 여자 탈의실에 가자고 말을 꺼내면 곤란하다.

복도를 지났다. 체육복을 들고 가급적 눈에 띄지 않을 만한 곳을 찾아본 결과, 건물 3층 구석에 있는 사회과목 준비실 앞에 도달했다.

인기척은 느껴지지 않았다. 들어가면 안 될 것 같은 분위기도 풍기지 않는다. 아니, 이 교실에서는 물건을 꺼내고 다시 넣는 사용감이 전혀 느껴지지 않는다. 완전히 방치된 상황이었다.

이 교실을 이용할 수 있으면 좋겠는데 당연하게도 문이 잠겨 있었다.

타키는 실내화를 한쪽만 벗은 후에 그 실내화를 문손잡이에 걸고 힘껏 잡아당겼다. 잠긴 문이 열리는 소리가 났다. 손잡이를 돌려보자 문이 활짝 열렸다. 예전에 사용하던 싸구려 잠금 방식 손잡이는 고무 재질의 신발 같은 도구로 강하게 자극을 주면 간단히 열린다는 사실을 타키는 잘 알고 있었다. 텔레비전 프로그램의 범죄 특집에서 봤기 때문이다. 그런 사실을 막 알려줘도 되는 걸까.

체육복으로 갈아입은 뒤에 사회과목 준비실 밖으로 나왔다. 슬쩍 문을 잠근 후에 타키는 깊은 한숨을 내쉬었다. 마치 도둑처럼 느껴져서다.

체육 수업에서는 농구를 했다. 타키의 전문 분야다. 키가 더 자라지 않아서 고등학교에 온 뒤에 그만두었지만 중학교 시절에는 약간 유명한 선수였다.

세 번 정도 연속 득점을 한 후부터 즐거워지기 시작했다. 손바닥에 들러붙는 공의 감촉이 그립고도 기뻤다.

이 미츠하의 몸을 얼마나 제대로 다룰 수 있는지 시험해보고 싶어졌다.

3점 슛을 연달아 쐈다. 드리블 페인트도 시도했다. 절묘한 위치에서 리바운드에 성공했다. 기세를 몰아, 저글링을 할 때처럼 공을 등 뒤로 돌리다가 던져서 득점을 노렸다.

공이 그물을 통과하는 소리를 등 너머로 들으면서 타키는 주먹을 쥐어 올렸다.

유쾌하다.

마음껏 움직인 덕분에 '이 몸에 익숙해지지 않아서 불편하다'라는 감각이 거의 사라져버렸다. 맹렬히 땀을 흘린 것이 환기구 같은 역할을 한 듯하다. 기분이 좋다.

　시합 끝을 알리는 호루라기 소리가 들렸다. 타키는 팔로 얼굴의 땀을 닦으며 코트 밖으로 나왔다. 옆 코트에 있던 남자들 거의 대부분이 타키를 바라보고 있었다.

　엄지를 들어 보았지만.

　'—어라?'

　반응이 별로 없다.

　사야카가 심각한 표정으로 달려와서 "잠깐만, 잠깐만" 하고 체육복 옷자락을 잡아당겼다. 그러고는 작게 속삭였다.

　"너, 왜 그랬어."

　"뭐?"

　"왜 그랬냐니까."

　"뭘?"

　"…왜 안 입었어?"

　"뭘?"

　"다들 빤히 바라보고 있잖아."

　사태를 파악한 타키는 숨을 들이마셨다. 스스로도 놀랐지만 완전히 만화 속에서나 등장할 법한 반응을 보이고 말았다. 즉 가슴 부분을 두 팔로 감싸고 몸을 비틀었다는 뜻이다.

　그리고 남자들이 있는 곳을 향해 날카로운 시선을 보낸 뒤에 주먹을 흔들며 버럭 외쳤다.

　"야, 이! 바보들아!!"

다음에 의식 교환이 발생했을 때 잠든 타키를 깨운 것은 늘 그렇듯 휴대전화의 알람이었다.

얼굴을 찌푸리면서 배회하듯 책상으로 향한 후에 휴대전화를 집어 들기가 무섭게 절규에 가까운 문장이 눈에 들어왔다.

〈너어어어어어어!〉

큰 사이즈의 문자였다.

화면을 내리자 이어서 이렇게 쓰여 있다.

〈브래지어는 제대로 해! 하지만 여자 속옷을 빤히 관찰하면 변태 행위니까 복수하겠어!〉

어쩌라는 거야.

일단 가슴을 주무른 뒤에 잠옷을 벗어 던졌다. 살짝 찡그린 얼굴로 서랍장 아래쪽 서랍을 열자 깨끗하게 정돈해놓은 브래지어가 눈에 들어왔다. 어쩔 수 없이 한 장을 꺼내 들면서 타키는 한층 기분 나쁜 표정을 지었다.

애초에 왜 브래지어를 하지 않았느냐면 하는 방법을 몰랐기 때문이다.

그보다는 하는 방법을 알고 싶지 않다는 마음이 깔려 있었다. 이런 것을 거부감 없이 자연스럽게 착용할 수 있게 되는 순간, 남자로서는 끝이 아닐까. 어쩐지 '내 성별은 남성이다'라는 기본적인 자기 인식이 근본부터 흔들릴 것 같은 위기에 빠질지도 모른다는 기분이 들었던 것이다. 하지만….

'남의 몸을 쓰면서, 바보 같은 남자들에게 쓸데없는 기쁨을 안겨주기도 꺼림칙하고.'

자기 역시 바보 같은 남자들 중 한 명이라는 사실은 일단 덮어둔다. 어쨌든 타키는 브래지어의 구조를 살펴보기로 했다.

미츠하의 브래지어는 꽤 화려했다. 타키가 꺼낸 것은 민트 그린이라고 하나, 유행하는 밝은 녹색이었다.

왜인지는 모르지만 색깔이 선명한 브래지어를 하기는 그렇다. 보이지도 않는 곳에 굳이 왜라는 생각이 들면서 마치 품에 숨긴 총을 보이는 듯한 기분이 들었다.

서랍을 다시 열고 다른 브래지어를 살펴보았지만 거의 전부 밝고 선명한 색깔이었다. 평범한 흰색은 눈에 띄지 않는다. 아마 잘 찾아보면 있기는 하리라고 생각하지만 찾을 수가 없다. 나란히 놓여 있는 브래지어 사이를 뒤적거리고 나면 분명히 복수를 당할 것 같았다. 그리고 지금 꺼낸 브래지어를 다시 깔끔하게 정리해 넣기란 무리이기도 했다.

아무래도 미츠하는 선명한 색깔을 지닌 예쁜 속옷을 좋아하는 모양이다. 이런 사실을 알아도 별 소용은 없지만 어쨌든 그런 것 같다. 타키에게는 알록달록한 속옷은 싸구려라는 이미지가 존재했다. 하지만 이 브래지어는 소재도 고급으로 보이고 박음질도 튼튼해 보이는 것이 의외로 비싼 물건일지도 모르겠다.

컵 부분은 꽤 입체적으로 만들어져 있었다. 똑바로 접거나 다림질을 하기는 무리일 것 같았다. 즉, 접거나 다림질을 할 필요는 없어 보인다는 사실에 안도감이 들었다. 그런 일은 가급적 하고 싶지 않은 타키였다.

브래지어의 본체 바깥 부분을 손가락으로 어루만지자 제법 형태가 분명하고 딱딱한 느낌이 들었고 안쪽 부분은 푹신하고 부드러웠다. 눌러보니 제법 볼륨감이 있었다. 가슴을 커 보이게 하기 위한 쿠션이 아니라 컵 특유의 형태를 유지하기 위해 이 정도 쿠션이 필요해서라는 사실은 알 수 있었다. 한동안 손가락으로 쿠션을 눌렀다가 떼는 행동을 반복하며 감촉을 확인하는 사이에 구조적 필연성을 머리로는 받아들였지만, 이런 부드러운 재질로는 적어도 심장에 칼이 박힐 위기가 닥쳤을 때 목숨을 구하는 데는 도무지 도움이 되지 않을 것 같다는 생각이 들었다.

그러면 왜 이런 물건을 몸에 두르는 것일까. 이해할 수가 없다. 아니, 이해는 가지만 깊이 받아들이고 싶지는 않았다. 바깥 부분에 살짝 두른 가벼운 레이스 장식은 얌전한 인상을 주어 무척 우아해 보인다. 탄력이 넘치고 매끄러우며 단단한 와이어도 들어 있다. 이런 부분이 '근처 쇼핑센터의 세일 매대에서 산 물건은 아니군'이라는 판단의 근거가 되어주었다.

거기까지 생각했을 때 타키는 어떤 기운을 느꼈다. 뒤를 확 돌아보자 미닫이문이 10센티미터 정도 열려 있었고 그 사이로 요츠하의 얼굴이 보였다. 미닫이문 그늘에 가려서 보이지 않았지만 눈썹을 찌푸린 모습과 표정이 전체적으로 '수상하다'는 감정을 드러내고 있었다. 타키는 숨이 멎고 몸이 굳어졌다.

그녀는 빤히 이쪽을 바라보고 있었다.

두 사람 사이로 긴장감이 가득한 침묵의 시간이 흘러갔다. 그 긴장 가득한 공기를 견딜 수 없었던 타키는 브래지어를 눈에 대며 "안경!" 하고 즉흥 개그를 선보였다. 해버린 뒤에는 스스로 끔찍하다, 죽고 싶다 하고 타키가 생각했을 때, 미닫이문이 열리더니 요츠하가 방으로 들어왔다. 곧장 다가온 여동생은 소리 없이 타키의(미츠하의) 이마에 손을 찰싹 소리가 나도록 댔다.

"…열은 없는데 말이야."

요츠하가 몸을 돌려 떠나갔다. 타키는 탁해진 감정을 내뱉듯이 깊은 한숨을 내쉬었다. 그리고 도피하려던 현실에 대응하기로 했다. 그러니까 몸에 브래지어를 두르고 등 뒤에서 후크를 잠근 후에 끈은 어깨에 걸고 길이를 조절하면 될 것이다. 알고 있긴 하다.

4

그 뒤에도 고생했다. 하여간, 세상의 여자란 여자들은 어떻게 매일 아침 이걸 몸에 두를 수 있는 걸까. 우선 등 뒤에서 후크를 고정할 수가 없다. 손이 닿지 않는다. 닿아도 등 뒤에 있는 후크가 어떤 식으로 고정되는지를 알 길이 없다. 브래지어의 오른쪽 끝과 왼쪽 끝이 등 뒤에서 계속 엇갈릴 뿐이다.

두 번 정도 등을 긁었다.

우연히 후크가 걸리기까지 무수한 시행착오를 거쳤다. 제대로 후크를 채웠을 때에는 감동해서 얼굴이 환해졌을 정도다.

학교에 도착했을 때에는 이미 어깨가 쑤셨다. 브래지어를 하고 있어서가 아니라 그 브래지어를 차기 위해 악전고투를 한 탓이었다.

그날도 체육 수업이 있었다. 사회과목 준비실 문을 열고 안에 들어가 옷을 갈아입고 밖으로 나오면서 타키는 손바닥을 주먹으로 탁탁 쳤다. 농구를 할 수 있으면 스트레스를 조금이나마 해소할 수 있다. 선생님, 농구가 하고 싶습니다 하고 저도 모르게 중얼거렸을 정도다.

체육관의 농구 코트를 종횡무진 휘저은 후에 문득 남자들이 쓰는 코트를 바라보았다.

그들 중 반 이상이 이쪽을 보고 있었고 그중 대부분이 '실망'한 표정을 짓고 있었다. 이마에 손을 대고 고뇌하는 철학자 같은 표정을 지으며 고개를 젓는 놈도 있었다.

겉모습이 미츠하라는 사실을 순간적으로 완전히 잊은 타키는 주먹을 휘두르며 크게 외쳤다.

"너희들, 정말로, 짜증 나!"

"뭐, 갑자기 남자들에게 인기 폭발이지. 미츠하는. 요즘."

테시가와라가 닭튀김에 젓가락을 꽂으며 이렇게 말했다. 점심시간에 운동장 옆 나무가 심어진 구석에서 타키는 테시가와라, 사야카와 함께 점심을 먹고 있었다. 그곳에는 폐기될 예정인 학생용 책상과 의자가 쌓여 있었다.

그들은 그중 하나를 꺼내 앉아, 운동장에서 펼쳐지는 미니 축구 게임을 보면서 도시락을 먹었다. 점심시간에는 여기서 셋이 점심식사를 하는 것이 미츠하의 습관이었다. 타키는 그런 습관에는 순순히 따르자는 기본 방침을 지니고 있었다.

"요즘 며칠 사이에 갑자기 사람이 바뀐 것처럼 굴고 말이야."

"어."

사야카의 지적을 받은 타키는 순간 흠칫했지만 곧,

'그야 그렇지.'

귀 뒤쪽을 긁으며 납득하고 말았다.

결국 본성이 드러나버린다. 아니, '나는 지금 미츠하다'라고 강하게 의식할 때가 아니면 연기를 할 수가 없다. 사람이 바뀐 것처럼 군다는 말을 들을 만도 하지.

그렇지만….

'내가 이 녀석 몸에 있을 때 남자들에게 인기가 좋다는 말은 무슨 뜻이지?'

그 의문을 입 밖에 내보았다.

테시가와라의 말에 의하면 "행동이 시원시원해서 기분 좋다" "빈틈이 늘었다" "핀잔을 분명히 준다" "어쩐지 이해하기 쉬워졌다" "도발하는 걸까" 등의 이유에 의해서 남자들 사이에서 미츠하의 호감도가 비정상적으로 올라갔다고 한다.

"그게 뭐야…."

타키는 이렇게 중얼거리며 입술을 내밀었지만 '이해하기 쉬워졌다'는 의견은 이해가 갔다. 안에 들어 있는 사람이 남자이니 당연히 남자에게는 이해하기 쉽겠지.

"거리를 좁혀보려고 말을 거는 놈들도 있었을 텐데."

사야카가 "와, 그렇구나" 하고 몸을 틀어 테시가와라를 바라보았다.

"왠지 낙담해서 돌아왔던데. 기억 안 나?"

"아, 그러고 보니…."

왠지 두세 명이 함께 자리 근처로 다가와서 이해가 가지 않는 이야기를 했던 것도 같다.

갑작스러운 일이라서,

'어어? 누구더라?'

이런 본능적인 반응을 보였더니 터덜터덜 돌아갔었다.

그 말을 들은 사야카가 "불쌍해라…" 하고 웃음을 참으며 중얼거렸다. 전혀 동정하는 기색이 느껴지지 않는다. 사야카의 그런 '마음에도 없는' 태도가 이상해서 타키도 웃고 말았다.

웃은 뒤에 문득 생각에 잠기고 말았다.

'오리지널' 미야미즈 미츠하는 테시가와라가 말한 표현과는 반대되는 모습을 지니고 있었다는 뜻인가.

시원시원하지 않고, 어쩌면 차분한 편이고, 분명하게 핀잔을 주는 성격이 아니며, 이해하기 어려워서, 도발하는 기색을 느낄 수 없는, 남자들 사이에서 인기가 없는 여자 미야미즈 미츠하.

왜일까. 묘한 위화감이 느껴진다.

"저기." 타키는 입을 열었다.

"응" 하고 테시가와라가 대답했다.

"나, 음, 평소에 내 인상이 어땠어?"

"…야, 야."

사야카가 말했다.

"평소에 네 인상이 어땠는지를 묻다니 이상하잖아."

"아니, 그렇기는 한데."

어깨끈이 닿아서 근질거리는 부분을 옷 위로 긁고 싶은 욕구를 억누르면서 어떻게 설명하면 좋을지 고민하는 사이에 나토리 사야카가 "잠깐, 잠깐만" 하고 블라우스의 허리 부분을 잡아당겼다.

"잠깐만 와봐. 잠깐… 이리로."

테시가와라에게는 "너는 저쪽을 보고 있어. 우리 얘기는 듣지 말고" 하고 개에게 하듯이 명령한 후에 사야카는 타키를 조금 떨어진 나무 그늘로 데려갔다.

"너 정말 왜 그래?" 사야카가 낮은 목소리로 물었다.

"어?"

"제대로 안 채워져 있어."

"뭐가?"

"그러니까, 어휴!" 사야카가 타키의 팔을 찰싹 두드렸다. "후크가 위하고 아래가 제대로 채워지지 않았어. 게다가 그게 옷 위로 다 보인다고."

타키는 손바닥을 내저었다.

"어, 그런 건 아무래도 괜찮잖아."

"괜찮지 않아! 왜 그래? 평소에는 꼼꼼했잖아?"

"그렇구나…."

"늘 필사적으로 꼼꼼했으면서."

"필사적으로?"

"필사적으로. 자, 뒤로 돌아봐. 다시 채워줄게."

"옷 위로?"

"그래."

사야카는 타키의 등 뒤로 돌아가서 블라우스 위에서 브래지어 후

크를 풀더니 다시 올바르게 채우는 신의 솜씨를 보여주었다. 타키
는 고맙다는 인사를 한 뒤에 진심으로 피로에 젖은 한숨을 내쉬었
다.

"요즘 툭하면 한숨을 쉬네" 라는 사야카.

타키는 울상을 지었다.

"어, 이거 정말로 귀찮아."

"그런 말을 하면 어떻게 해, 여자애가."

"이제 더 이상 여자가 아닐지도 몰라."

"뭐어?"

책상과 의자가 쌓여 있는 장소로 돌아오니 테시가와라가 "그러고
보니 말이야" 하고 자연스럽게 말을 걸었다.

"중학교 때 후크 풀기가 유행했던 때가 있었어."

사야카가 손바닥으로 테시가와라의 팔을 때렸다. "듣지 말랬잖
아!"

"후크 풀기가 뭐야?" 타키가 몸을 내밀었다. "혹시 등 뒤로 돌아
가서 옷 위에서 여자들 브래지어를 푸는 거야?"

"그래, 맞아."

"그런 건 만화에서나 봤는데. 물리적으로 가능해?"

"가능하지, 가능해. 익숙해지면 한 손으로도 할 수 있어."

"바보 같은 소리!"

사야카가 진심으로 짜증을 냈다.

"정말 할 수 있어? 어떻게 하는데?"

"넌 왜 흥미진진해하는데."

그날 밤에 테시가와라의 말이 신경 쓰였던 타키는 자기 전에 브래지어를 옷걸이에 걸어두고 정말로 한 손으로 후크를 풀 수 있을지 시험해보았다. 10분 정도 시행착오를 거듭한 끝에 포기하고 자기로 했지만 브래지어를 서랍에 잘 넣어두어야 한다는 사실을 잊고 말았다.

다음에 의식 변환을 일으킨 날 아침에 앱에 남아 있던 미츠하의 메모는,

〈다 들었어.〉

이 한마디뿐이어서 오히려 무서웠다.

5

해가 지고 밖은 완전히 밤으로 변했다. 미츠하네 집 거실에서 미야미즈 미츠하의 몸에 깃든 타키는 바닥에 무릎을 꿇고 앉아 있었다.

5분 이상 무릎을 꿇고 앉아 있어본 적이 없던 타키지만 지금은 태연하게 앉아 있을 수 있었다. 미츠하의 다리가 그런 자세에 익숙해서인 모양이었다.

미츠하의 할머니와 여동생은 전통 의상 차림으로 함께 바닥에 앉아 있었지만, 타키는 직접 전통 의상을 차려입을 수 있는 능력이 없었기 때문에 교복을 입은 상태였다.

세 사람 앞에는 오래된 나무 기구가 놓여 있었다. 어떤 의식에 관련된 도구 같았다.

미츠하의 할머니는 알록달록한 실을 복잡하게 땋아서 굵은 실매듭을 만들고 있었다.

요츠하는 실을 감는 작업을 하고 있었다.

타키도 같은 일을 해야 하는 입장인 모양이었지만 하는 방법을 몰랐기 때문에 그냥 앉아 있을 수밖에 없었다.

"싹 까먹었어요."

"어머나."

할머니는 이렇게 말하며 눈을 크게 떴지만 그렇게 놀란 것 같지도 않았다.

타키는 옆에 있던 여동생에게로 몸을 기울였다.

"요츠하 양, 가르쳐줄래?"

"양?"

요츠하가 기분 나쁜 표정으로 몸을 피했다.

반응은 그러면서도 요츠하는 실을 다듬는 도구를 방구석에서 가지고 와서 타키 앞에 설치해주었다.

미야미즈 미츠하와의 '의식 교환 생활'을 하면서 알게 되었는데, 이런 일이 벌어졌을 때 우물쭈물하면 오히려 수상하게 보인다. 차라리 당당하게 구는 편이 낫다.

'불만이라도 있나요?' 정도의 태도를 취하면, 알아야 할 일을 모르고 아무리 이상한 행동을 해도 주변 사람들은 '뭐, 그럴 수도 있지' 하고 받아들이게 되는 것이다.

이토모리 마을에서 마주치는 대부분의 상황을 타키는 이런 식으로 '뻔뻔하게' 무마하고 있었다.

이런 방식을 취하게 되면서 조금 안심이 되었고, 방심한 상태로 미야미즈 미츠하로서 생활할 수 있게 되었다.

'그보다는….'

자기 몸에 있을 때보다도 오히려 더 솔직하게 본심을 드러내며 활동하는 순간이 늘어난 기분이 든다.

인격이 서로 뒤바뀐다는 일 자체는 말도 안 되는 경험이었지만 '나라는 존재로부터 잠시 동안 멀어질 수 있다'는 식으로 받아들이면 일종의 '자유'를 획득하게 되는 셈이 아닐까….

매우 초보적인 실 꼬는 방법을 요츠하로부터 배우며 이런 생각을 하던 타키는 문득,

'그 녀석은 저쪽에서 이런 일에 잘 대처하고 있으려나.'

지금 타키의 몸에 깃들어 도쿄에서 생활하고 있을 미츠하가 걱정되었다.

타치바나 타키라는 고등학교 남학생이 되어 하루를 보내는 게임 같은 상황 속에서 '뻔뻔하게 생활한다'는 방침을 세대로 세우기는 했을까.

타키는 그런 부분이 걱정되었지만 잘 생각해보니 그럴 필요가 없었다.

왜냐면 미야미즈 미츠하는 거의 처음 의식 교환을 일으켜 타키의 몸에 들어갔을 때에도, 태연하게 타키가 아르바이트하는 곳에 가서 온갖 실수를 저지르면서도 레스토랑 웨이터 업무를 해내고 귀가한 여자다.

'보통은 하루 쉬거나 그럴 텐데….'

대단한 강심장이 아닐 수 없다.

그런데도 걱정이 되는 이유는 이토모리 마을에서 만나는 미야미즈 미츠하의 분위기가 무척 연약하게 느껴졌기 때문이다.

이 차이는 무엇일까.

얼마 전에 타키는 미츠하의 후배 여학생에게서 (갑자기) 수제 쿠키를 받았는데,

"저기, 저, 미야미즈 선배님을 이제야 알 것 같아요."

중학교, 아니, 어쩌면 초등학교 때부터 알고 지냈을지도 모르는 여학생에게서 이런 말을 듣다니 뭐가 어떻게 된 건가 싶었다.

「스무스 크리미널」을 목격한 여학생들과는 그 뒤로 사이가 좀 좋아졌다. 지나가는 길에 대뜸,

"빌리 진!"

이라고 외치기에,

"나는 빌리 진이 아니거든."

이렇게 대꾸했다.

남의 얼굴에 대고 큰 소리로 악녀의 이름을 부르지 말아줬으면 하는 바람이지만, 미츠하 본인은 대체 어떤 식으로 대꾸하고 있을까.(주4)

그런 그녀들을 포함해서 몇 사람들에게서 종종 듣는 말은 대충 이렇다.

'미야미즈 씨는 사실 이런 사람이었구나' '몰랐어' '얌전한 사람이라고 생각했는데' '조용한 우등생이 아니었구나' '이미지가 변했어' 등등….

주4) 마이클 잭슨이 발표한 히트곡 〈빌리 진(Billie Jean)〉은 가사에서 빌리 진이라고 하는 여자와의 이야기를 그리고 있다.

그런 말을 통해 와 닿는 '진짜 미야미즈 미츠하'는….

자기주장이 거의 없는 여자.

하지만 그렇지는 않다.

휴대전화 화면을 통해 외치는 소리가 들려오는 듯한 착각이 들게 만드는 미츠하의 메모 앱을 떠올려보기만 해도 그렇지 않음은 금세 알 수 있다.

타키가 아는 미야미즈 미츠하는 가본 적 없는 아르바이트 가게에 대뜸 달려가 감과 추측으로 대충이나마 일을 처리하고 실수하면 애교로 스리슬쩍 넘기는 무척 독특한 여자였다.

외부의 평가와 내부의 실체 사이에 꽤 차이가 있다.

방 벽에 오래된 거울이 세워져 있었다.

손가락으로는 실을 꼬면서 머리로는 생각에 잠겨 있던 타키는 시선을 돌리다가 거울 속의 미츠하와 시선이 마주치고 말았다.

거울에는 피부가 희고 갸름한 형태의 꾸밈없는 여자의 얼굴이 비치고 있었다.

그 얼굴을 타키는 머뭇거리며 바라보았다.

그 얼굴이 타키를 머뭇거리며 바라보았다.

정말로 무척 비장해 보이는 그 얼굴 앞에서 타키는 숨을 쉬기가 괴로워졌다.

지금은 자신의 것인 이 여자의 얼굴이 뭔가를 호소하는 것처럼 느껴졌다.

'너는 대체….'

너는 대체 어떤 녀석이지?

타키는 이 여자에게 강한 흥미를 느끼기 시작한 자신을 깨달았다.

거울을 응시하면서 타키는 요츠하에게 살짝 속삭였다.
"네 언니는 괜찮을까."
요츠하는 고개를 갸우뚱하더니 한심하다는 표정으로 타키를 보고 이렇게 대꾸했다.
"나도 이 사람 괜찮으려나 하고, 방금 생각하기는 했어."

제2화

스크랩 앤 빌드

1

학교로 향하는 도중에 확성기에서 찢어지는 듯한 소리가 들려오
는 바람에 테시가와라 카츠히코는 반사적으로 멈춰 섰다.

다리 너머에 자리 잡은 마을 공용 주차장에 선거용 차량이 서 있
고 깃발도 세워져 있었다. 즉 선거 연설 중이라는 뜻이다. 이장 선
거가 다가오고 있었다. 군중이라고 할 정도는 아니고 십여 명 정도
되는 청중이 모여 있는 모습이 보였다.

그러고 보니 아침에 집을 나설 때 현관에 아버지의 구두가 없었
다.

"어라, 아버지는 어디 갔어?"

어머니에게 물었을 때 부엌에서 "선거 도우러"라는 대답이 들려
왔었다.

이거군.

'하필이면 이 길이냐.'

다시 걷기 시작하면서 테시가와라는 속으로 혀를 찼다. 부탁이니
우리가 없는 데서 하면 안 될까.

가급적 모르는 사람처럼 지나치고 싶다. 비스듬히 앞서 걷고 있
는 미야미즈 미츠하도 아마 같은 마음이리라. 뒷모습이 굳어 있다.
어떤 표정을 짓고 있을지 보지 않아도 안다. 복잡하게 땋아서 묶은
뒤쪽 머리카락이 가늘게 떨렸다.

고개를 돌리지 않도록 조심하며 시선만으로 확인했다. 깃발에는

'미야미즈 토시키'라고 적혀 있었다. 연설 중인 아저씨의 이름이다. 선거를 앞두고 있는 현역 이장이자 미츠하의 아버지다.

그 깃발을 창처럼 들고 미츠하의 아버지 옆에 서 있는 작업복 차림의 또 한 명의 아저씨의 얼굴을 테시가와라는 가급적 보고 싶지 않았다. 집에서도 되도록 보고 싶지 않은 아버지의 얼굴이었다. 이런 데서는 더욱 그렇다. '제가 이장님을 돕겠습니다'라는 기색이 역력한 얼굴이다. 그 뒤로는 비슷한 작업복을 입은 젊은 사람들이 나란히 서서 깃발도 들고 안내문을 나누어주기도 한다. 자기 회사 직원을 당당히 선거에 동원하다니 미쳤다고 테시가와라는 생각했다.

현직 이장이 유리하다는 소리가 도는 모양이다. 하지만 유리한 수준이 아니라 현직 이장이 이길 것이 당연했다. 그렇게 된 구조이기 때문이다. 그 구조의 일환을 담당하는 아저씨가 깃발을 들고 당당하게 서 있는 상태다.

혀를 백 번 정도 차고 싶다. 빨리 이 길을 지나치고 싶지만 걸음을 재촉하면 왠지 도망치는 것 같아 기분이 나빠지므로 주의를 기울여서 설었다.

아침부터 기분 나쁜 광경을 보았으니 머리가 무거워질 만도 하다. 그런 우리들에게 쐐기를 박는 존재가 있었다.

"미츠하, 어깨 펴고 당당히 걸어!"

확성기 마이크를 들고 있던 미야미즈 아저씨였다. 연설을 중단하고서 딸의 등에 대고 크게 야단을 친다. 미츠하의 어깨가 굳는 모습이 보였다. 사람들 앞에서, 그것도 이렇게 많은 사람들 앞에서 이런 식으로 아이를 야단치다니 솔직히 미쳤다는 생각밖에 들지 않는다.

그 소리를 듣고 있던 청중, 아니, 노인네들이 "역시 이장님, 자식한
테도 엄격하시네" 하고 감탄하는 모습은 농촌의 어두운 단면이라고
밖에 표현할 길이 없다. 만일 그걸 노리고 일부러 자식을 야단쳤다
면 미야미즈 아저씨의 성격은 끔찍하다고밖에는 말할 길이 없다.

'뭐야, 이게.'

아침부터 어깨가 무거워지는 일뿐이다. 이 마을의 뒤틀린 모습의
축소판이다, 이건.

"아! 나, 정말 이 마을이 싫어!" 라고 미츠하가 떼쓰는 아이처럼
외쳤다.

"이 마을은 좀 지나칠 때가 있지." 사야카가 동의했다.

테시가와라는 입을 다문 채 무리도 아니라고 생각했다.

스트레스는 정말 무섭구나.

어제 미츠하가 완전히 변했다고 말을 꺼낸 것이 이 이야기의 발
단이었다. 완전히 이상하다는 이유는 이랬다. 긴 머리카락은 자다
일어난 상태 그대로. 빗질조차 안 한 상태였다. 교복 리본을 묶는
방법도 잊었다. 자기 신발장 위치도 까먹었고 교실도 어딘지 기억
하지 못했다. 반 친구들의 이름 역시 전부 잊어버렸다. 테시가와라
나 사야카의 이름도 아는지 모르는지 의심스러울 정도였다. 하루
종일 멍하다고 해야 하나, 영혼이 빠져나갔다고 해야 하나. '왜 내
가 이런 곳에 있지?'라는 표정을 짓고 있었다. 그러고는 수업 중에
"미야미즈" 하고 이름을 불러도 자기라는 사실을 깨닫지 못했다.

게다가 웃음소리가 "흐히히" 와 "크흐흐" 로 변했다.

테시가와라가 특히 놀란 점은 미츠하가 머리도 안 빗고 학교에 왔다는 사실이었다. 미츠하를 초등학생 시절부터 알고 지냈지만 그런 모습을 본 적은 거의 없었다. 기껏해야 수영 수업 직후 정도에나 봤을까. 미츠하는 설령 휴일이어도 매일 반드시 머리를 묶었다. 그것도 꽤 빈틈없는 스타일로 말이다. 매일 아침 저렇게 머리를 꾸미려면 대체 얼마나 시간이 걸리는 걸까, 혼자 할 수 있는 스타일이기는 한 걸까 묻고 싶을 정도다.

아마도 미츠하는 '머리카락을 이렇게 묶지 않으면 사람 앞에 나서지 않겠다'라고 스스로 결심했는지도 모르겠다.

"저건 말이야, 저런 식으로 스스로를 속박하는 거야, 일부러."

예전에 사야카가 미츠하가 없는 데서 이렇게 말한 적이 있었다.

"깔끔하게 하고 다니지 않으면 주변에서 한소리를 들을 수밖에 없는 입장이니까. 미츠하는 언제나 필사적으로 깔끔하게 굴어. 저 머리 모양은 스스로를 다잡기 위한 의식 같은 거야."

그렇구나.

미츠하는 아버지가 이장이고 오래된 신사의 후계자라서 축제 때에는 무녀가 되어 주역을 맡는다. 마을 주민들은 대부분 오래된 혈연관계라서 다들 그녀의 얼굴과 이름을 알고 있었다. 조금만 칠칠치 못하게 굴면 누군가가 지적을 할 수도 있다. 그런 점은 곤란하겠구나 하고 무릎을 친 테시가와라였다. 사실 그는 스모 선수들의 머리모양처럼 사악함을 피하는 결계 같은 작용을 하는 무녀 특유의 스타일이 아닐까 생각했었다.

그럼 스트레스가 쌓일 만도 하다.

갑자기 머리가 폭발하고 머리카락도 같이 폭발한 상태로 모든 것을 잊고서 마구잡이로 살고 싶어지는 날이 있을 만도 하다.

상담사에게라도 가보는 편이 낫지 않을까 생각하는 테시가와라였지만 아무리 친해도 그런 말까지 건네기는 좀 그랬다. 뭐, 애초에 이 작은 마을의 작은 고등학교에 학교 상담사 같은 배려 넘치는 존재가 있을 턱도 없다. 하지만 고전 문학을 가르치는 유키 선생님에게 상담을 하면 좋지 않을까 하는 생각은 한다. 그 선생님은 외부 사람이니까 마을과 관계도 깊지 않고 말이다.

참고로 오늘 미야미즈 미츠하는 정상이다. 정상이라고 할까, '제정신으로 돌아온 상태'라고 하는 편이 적절하다.

'뭐, 불평 정도는 얼마든지 들어줄 수 있지만.'

이렇게 생각하고 진지하게 이야기를 듣고 있자니 미츠하는 점심 시간 내내 마을의 험담을 계속 내뱉었다. 운동장 옆에 폐기 예정인 책상을 쌓아놓은 장소에서 책상 위에 앉아 하품을 내뱉으며 이야기를 듣고 있기는 했지만 아무래도 끝날 기미가 보이지 않았고 나중에는 꼬리뼈가 아파지기까지 했다.

종이 울린 덕분에 테시가와라는 한숨을 돌렸다. 그러나 미츠하는 무려 학교가 끝나고 돌아가는 길에도 '이어서' 이야기를 계속했다.

"정말이지 사야 말대로야. 이 마을은 지나치게 좁고 너무 고착화되어 있어."

"맞아. 정말 그래."

걸으면서 사야카가 맞장구를 쳤다. 이해해주는 사람이 있기 때문에 표현이 한층 과격해지기 시작했다.

"정말 아무것도 없잖아, 이 마을에는." 사야카가 말했다. "전차는 두 시간에 한 번만 다니고."

"버스는 하루에 두 번 오지."

"편의점은 9시에 닫고 말이야."

"그 편의점이라는 건 사실 빵집이고."

"서점도 없고 치과도 없으니까."

"그런데 술집은 두 군데나 있잖아."

"일자리도 없고."

"시집오는 여자도 없고."

"일조 시간도 짧아."

"아아, 어서 졸업해서 마을을 떠나고 싶다! 도쿄에 가고 싶어! 그리고 그림으로 그린 듯한 시티라이프를 만끽하고 싶어!"

"그래! 나고야로는 만족 못해! 거기는 그냥 커다란 시골이니까. 도쿄가 좋겠어."

"사야~! 같이 가자."

"떠나주겠어. 떠나고 말겠다고!"

테시가와라는 말없이 듣기만 했지만 중간 즈음부터 어금니를 가볍게 갈기 시작했다. 끌고 가던 여성용 자전거의 뒷바퀴에서 나는 끼익끼익 소리가 마치 혀를 차는 소리처럼 들렸다.

"너희 제발 좀!"

그는 저도 모르게 짜증스럽게 외쳤다.

"왜 그래."

미츠하가 불만이라도 있느냐는 표정으로 돌아보았다. 불만은 잔

뚝 있었지만 자기들이 하는 이야기에 심취해 있는 그들에게는 지금 무슨 말을 해도 소용이 없으리라.

테시가와라는 몸을 내밀며 씩 웃었다.

"아니 우리, 카페에나 들를까?"

두 여자의 짜증스럽던 분위기가 순식간에 증발했다.

"뭐, 카페라고?"

"웬일이야!"

"멋진 카페야?"

"있어?"

"정말로?"

"생겼어?"

"어디에?"

"가고 싶어~!"

엄청나게 의욕적이네.

미츠하는 화가 나서 돌아가버렸다. 오픈 카페가 영 마음에 들지 않았던 모양이었다.

"카페는 무슨. 속았어."

캔에 든 홍차를 후룩후룩 마시면서 사야카가 말했다. 일부러 소리를 내서 불쾌감을 표시하는 것이다.

"마음먹기에 따라 다르지."

"뭐야, 그 정신 승리는."

사야카가 테시가와라의 팔을 팔꿈치로 찔렀다.

즉 이곳은 버스 정류장이다. 이 마을에 앉아서 차를 마실 만한 장소는 여기 정도다. 버스 시각표 뒤쪽에 자동판매기가 있었다. 가로등을 설치할 예산이 없으므로 자동판매기를 대신 두는 것은 시골 버스 정류장에서 자주 볼 수 있는 풍경이었다. 한밤중에는 조명 대신 이용할 수 있다. 매상으로 유지도 가능하다.

"차를 마실 수 있으면 카페지 뭐."

"사기꾼."

"사기는 무슨. 표현에 의한 트릭이지."

"시끄러워."

자동판매기 옆에는 빛바랜 푸른 벤치가 놓여 있었다. 테시가와라와 사야카는 그곳에 나란히 앉았다. 벤치 뒤에는 겨우 읽을 수만 있는 수준의 빛바랜 문자로 적힌 아이스크림 광고가 남아 있었다. 메이지 시대부터 여기 붙어 있었다고 해도 믿을 수 있을 정도다.

뒤쪽의 민가는 원래 구멍가게였지만 가게 주인이었던 할아버지가 죽은 뒤로 폐허가 되었다. 나무 벽에는 레토르트 카레 간판과 모기향 광고가 붙어 있었다. 이 광고에 등장하는 탤런트들은 앞으로도 영원히 이곳에서 미소 짓고 있을 운명이리라.

이 시골 마을에 멋진 카페가 있을 리가 있겠는가.

그런 말을 내뱉고 싶어졌지만 동시에 그러고 싶지도 않다.

테시가와라는 이 마을 건축업자의 후계자다. '테시가와라 건설'이라는 빼도 박도 못할 회사 이름 아래 사장이 아버지인 상황이다. 물론 회사의 분위기는 사장이라기보다는 '형님'이나 '대장님'이라고 부르는 것이 어울리는 편이다.

이 마을의 건물은 80퍼센트 정도가 테시가와라 건설에서 세웠다고 해도 과언이 아니다. 채석장도 소유하고 있기 때문에 콘크리트 시공도 한다.

즉 테시가와라는 이보다 더 심할 수 없을 정도로 이 지역에 밀착해 성장한 집안의 아이였다.

후계자 도련님이라 부를 정도로 대단한 입장은 아니지만 이 작은 마을에서는 거의 그 비슷한 취급을 받고 있다고도 볼 수 있다.

그 말인즉, 그는 이 마을에서 탈출할 수 없는 입장이라는 뜻이었다. 지역 건설 회사가 갑자기 도쿄나 나고야, 후쿠오카 같은 도시로 진출하는 일은 원칙적으로 있을 수 없다. 뿌리박고 있는 지역이 생업의 터전이다. 대학 정도는 도쿄로 갈 수 있을지 몰라도 등에 끈이 묶여 있어서 결국은 이곳으로 끌려오게 될 것이다.

그런 식으로 등에 끈이 매달려 있는 듯한 감각을 사야카는 모르리라.

테시가와라도 '이런 마을에서 영원히 떠나버리겠어' 같은 생각을 할 때가 있다.

하지만 그럴 수가 없다.

그러면 종업원들에게 큰 문제가 생긴다. 소규모 기업에게 있어서 후계자가 명확하다는 사실은 회사의 존속 여부와 연결되는 중요한 일이었다. 후계 문제가 불안정해지면 순식간에 사람들이 떠나간다. 사람들이 떠나가면 회사는 더욱 불안정해져서 공중분해가 될 가능성도 있었다. 기업의 세습제를 반기지 않는 일반적인 상식은 이런 시골 지역의 이 정도 규모의 회사에는 영향을 미치지 않는다. 좀 과장해서 말하자면 회사가 무너질지 아닐지는 테시가와라에게 달려 있었다.

그러면 이 지역에서 열심히 살아갈 수밖에 없다.

'이런 마을'에서 도저히 떠날 수 없다면 이 마을을 바꿀 수밖에 없다.

'나가고 싶다'는 마음이 들지 않도록 마을을 좋게 만들 수밖에 없지 않겠는가.

테시가와라 건설에는 건설 능력이 있으니 가능하다. 매력적인 요소를 만들어서 이 마을의 매력을 늘려나갈 필요가 있다. 테시가와라에게는 그 방법뿐이다.

여기서 어떻게든 해야 한다.

그렇게 생각하고 각오하고 있는데.

그런데 "이런 마을에는 아무런 가치도 없어" 같은 소리는 하지 말라고.

그것이 진심이었다.

카페에 가자고 데리고 와서 사실은 "자동판매기 앞이 카페랍니다"라고 소개한 것은 농담도, 장난도 아니었다.

"마음먹기에 달렸다"라는 말도 그냥 내뱉은 것이 아니다.

지금 가진 것에 만족한다.

일단 만족하는 데서 시작하면 내가 앞으로 어떻게든 할 수 있다고.

그런 말을 하고 싶었지만 할 수는 없었다. 그런 창피한 말을 내뱉을 바에야 바구미를 어금니로 백번 씹는 편이 낫다. 그리고 이 아이

들에게는 그런 말을 해봤자 통하지 않으리라.

"미츠하가 가버렸잖아."

"가버릴 만하지."

하지만 화를 내고 가지는 말지… 라는 것이 미츠하에 대한 솔직한 심정이다.

"미츠하도 정말 힘들 것 같아…."

"그러게…."

그 녀석은 신사 의식 주인공이니까 하고 테시가와라가 중얼거리자 사야카는 그러게 하고 맞장구를 쳤다.

지방의 오래된 신사 집안의 아이라는 사실도 보통 일이 아니다. 어린 시절부터 지켜보았기 때문에 테시가와라는 그 노고를 잘 알고 있었다. 미야미즈 신사는 여자가 이어받기 때문에 미츠하는 언젠가 미야미즈가의 할머니의 뒤를 이어 신주가 되리라는 기대를 받고 있었다.

그런 신사에서 무녀 역할을 맡는 일은 사무소에서 대충 파마 화살을 파는 수준의 아르바이트와는 다르다. 오래전부터 전해 내려온 전설 같은 성가신 절차가 산더미처럼 많다.

마을 축제 때면 미츠하가 중심에 서야 한다. 축제에서 선보이기 위해서 신악무(神樂舞)를 완전히 기억하고 완벽하게 추어야 한다. 신악무의 종류는 십여 가지라고 들었다.

그 마을 축제를 위해서 사전에 준비하는 의식이 다음 주 일요일에 열릴 예정이었다. 그때 그녀는 춤을 추게 되어 있었다. 그 뒤에는 일본에서도 미야미즈 신사에만 있는 독특한 의식을 수행해야 한다. 천년 전이었으면 그다지 이상할 것 없었을지도 모르지만 현대인의 감각으로 보자면 좀 그렇다. 미츠하는 많은 사람들 앞에서 그 의식을 수행해야 한다. 지역 케이블 텔레비전 방송국에서 취재도 하러 온다. 상처받기 쉬운 사춘기 여학생이 사람들 앞에서 그런 의식을 거행해야 하다니 이쯤 되면 거의 학대가 아닐까.

정말로 싫어 죽겠다고 미츠하는 말했었다.

'그야 그렇겠지….'

만일 대신 해달라는 소리를 들어도 그래줄 수 없다.

모든 것을 내던지고 신사를 뛰쳐나와 도시에서 다른 사람처럼 살고 싶다는 생각을 하게 되는 것도 무리는 아닐지 모르겠다.

가끔 그녀는 '미야미즈 신사는 망해도 돼' 같은 생각을 할 때도 있는 모양이지만 만일 그런 생각을 입 밖에 내면 쉽게 가라앉지 않을 소동이 일어나리라.

'어쩌려고 그러나, 그 녀석은.'

이런 생각을 계속 하면서 옆의 공터에 앉아 있던 개를 손가락으로 부르자 개는 일어서서 순순히 다가왔다. 손을 뻗어도 겁먹는 기색이 없기에 머리를 쓰다듬어주고 목덜미를 긁어주었다. 먹이라도 주고 싶었지만 지금은 가진 게 없었다.

지금은 아무것도 가진 게 없다… 그건 지금 이 상황에 가장 어울리는 표현일지도 모르겠다.

"…있잖아, 텟시."

"왜?"

"고등학교 졸업하면 어쩔 거야?"

"갑자기 뭔 소리야? 장래 계획 같은 거?"

"응, 맞아."

그것이 거리에 관한 질문이라는 정도는 테시가와라도 알 수 있었다. 사야카는 자신과 테시가와라 사이의 어떤 종류의 거리를 재려하고 있었다.

"아니, 뭐…."

테시가와라는 개의 털이 난 방향을 반대로 어루만지면서 고개를 숙였다.

"나야 뭐, 이대로 계속 이 마을에 살겠지."

이렇게 대답했다.

"그렇구나…."

사야카의 맞장구는 애매했기에 그녀가 정말로 어떻게 생각하는지는 알 수 없었다. 테시가와라는 결정된 일을 결정되었다고 대답했다. 그런 의미에서는 속이지 않았다. 하지만 스스로 어떻게 하고싶은지에 관해서는 전혀 밝히지 않았다.

'어떻게 해야 하려나, 나는.'

살짝 망설여지지 않는 것도 아니다.

2

그날 밤의 일이었다. 테시가와라는 가급적 계단 아래로 내려가고싶지 않았기에 2층에 있는 자기 방에서 「라디오 라이프」를 뒤적이고있었다.

저녁 먹자는 어머니의 목소리가 들려왔다. 순간적으로 저녁을 굶을까 하는 생각이 들었다. 그러나 무리라는 사실을 깨달았다. 그러면 뱃속에서 뒤척이는 허무가 맹렬하게 날뛰기 시작할 것이다.

1층으로 내려가서 손을 씻으러 세면대로 향하다 보니 어쩔 수 없이 거실 옆을 지나가야 했다. 유리문 저편에서는 이미 연회가 한창이었다.

이미 술이 거나하게 취한 상태들이었다. 주정뱅이의 특권이라고도 말할 수 있는 시끄러운 웃음소리가 테시가와라의 한쪽 귀를 덮쳤다. 가게에서 음식 배달을 시키고 다른 집의 두 배는 넓은 거실에서 탁자를 이어 붙인 후에 미야미즈 토시키 후원회가 모두 모여 선거 전 단합모임을 가지는 중이었다.

옆을 지나가기만 해도 왠지 싫어서 테시가와라는 비누로 손을 꼼꼼하게 씻었다. 부엌으로 가려면 싫어도 다시 그 옆을 지나가야 한다. 미야미즈 아저씨의 인사말이 유리 너머로 들려왔다. 아저씨는 이번 선거에서도 여러분과 후원회장에게 신세를 지게 되었다는 말을 꺼냈고, 후원회장, 즉 테시가와라의 아버지가 맡겨두십시오 하고 말하더니 카도이리 지구와 사카가미 지구 주변은 이미 표가 확정된 상태라는 논조의 말을 했다. 그리고 오오 하는 환성이 솟아났다.

뭐가 오오냐.

그렇게 과장되게 큰 감탄사를 내뱉는 시점에서 다들 머리가 어떻게 된 것이 분명하다. 왜 아무도 지적하지 않는 걸까.

부엌으로 가서 어머니가 반찬을 차리는 사이에 스스로 밥과 국을 떠서 저녁을 먹었다. 거실 쪽에서 갑자기 크게 웃는 소리가 들려왔다. 누가 말도 안 되는 농담이라도 꺼냈으리라. 경찰이 조사를 좀 해주면 안 될까.

"부패의 냄새가 난단 말이야."

툭하니 이렇게 내뱉자 어머니가 "그런 소리 말아라" 하고 주의를 주었다.

그런 소리 말라는 핀잔을 듣다니. 테시가와라는 입바른 소리를 한 참이다.

건설업자가 막대한 영향력을 지닌 지역의 표를 모아서 현역인 미야미즈 이장을 재선시키고, 그 대가로 마을 사업 발주를 받는다. 전형적인 정경 유착 행위가 아닌가. 테시가와라는 이런 행태를 참을 수 없었다.

'괴로워….'

이것도 언젠가는 내가 해야 할 일이겠지 하는 생각을 한다.

《자네, 교활하구먼.》

《아이고, 무슨 말씀이십니까. 이게 다 나리의 지혜입지요.》

《어허, 이놈, 으핫핫핫핫.》

이런 말투로 진행하는 1인 촌극을, 말없이 시선을 이리저리 옮기고 고개를 돌리며 머릿속으로 재연해보는 테시가와라였다.

그 후에 그는 진지한 표정을 지었다.

잘못되었다.

이 잘못된 짓을 옆쪽 거실에서 진지하게 수행하는 놈들이 있다.

그 중심인물이 자기 친아버지다.

테시가와라는 참을 수가 없었다.

자기 밥값이 그런 행위의 결과로 만들어진 돈이라고 생각하니 더 더욱 그랬다.

테시가와라는 극도로 결벽한 성격은 아니었다. 하지만 내면에 작게 존재하는 결벽적인 부분을 집중적으로 아프게 자극당하고 있는 상태였다.

더럽다.

이 마을이 이런 식으로 돌아간다면 미워질 것 같다.

그렇게 생각하고 싶지 않지만 미워져버릴 것이다.

이 이토모리 마을에 다른 사람들보다 더 애착을 지니고 있지만.

그 애착은 이토모리 마을에서 계속 살아야 하는 입장이기 때문에 생겨난 것만은 아니지만.

마을에 대해 나쁜 말을 들으면 불쾌해지기도 하지만.

그래도.

가끔.

이 마을을 단숨에 폭파시키고 싶을 때가 있다.

전부 부숴버리고 경작지로 만들고 싶을 때가 있다.

우리 회사는 경작지 개간 능력도 있다.

다 부숴버리고 경작지로 만든 후에 그 위에 깨끗한 것들만 두고 싶다.

이대로 이 마을에 있다가는 부패해버릴 것 같다.

이대로 가면 분명히 그도 태연한 얼굴로 나리에게 귀한 과자를 선물로 바치는 자가 되어버린다.

그러니 차라리 깔끔하게 파괴해버리고 싶다.

그렇게 생각하면서도 동시에 역시 이 마을을 사랑한다는 사실을 느낀다.

자기 힘으로 마을을 바꾸고 싶다고.

그러기 위해서는 가업을 이어받을 필요가 있다.

하지만 그러면 아마도 그는 부패할 것이다. 회사를 이어받으면 '직원의 급여와 생활을 보호하기 위해서' '설비와 리소스를 원활하게 움직이기 위해서' '안정적인 수주가 필요하므로' 그리고 '행정 부서와의 관계가 중요하기 때문에'라는 이유로.

그런 말이 얽혀서 그를 꼼짝 못하게 만들 미래가 눈에 보이는 듯했다.

당연한 수순이었다.

그러니 아예 다 부수어버리고 싶다.

밥그릇을 완전히 뒤엎어버리고 싶은 것이다.

마을을 아예 없애버리면 아름다운 기억만이 언제까지나 남으리라.

어떻게 없애버릴까.

현대의 빌딩 폭파 기술을 응용해서 요소마다 폭발물을 설치해놓고 단추 하나를 눌러서 모두 가루로 만들 수는 없겠지.

만일 화산이 존재한다면 폭발물로 인해 분화가 촉진되거나 화구에서 괴물이 등장하거나 하는 상상을 할 수도 있겠지만 유감스럽게도 이 주변에는 평범한 산뿐이다. 덕분에 온천도 없다.

정말로 핵미사일이라도 떨어지지 않고서는 방법이 없을까. 하지만 모 나라나, 옆에 있는 모 나라나, 그 옆의 모 나라라고 해도, 설마 이런 산골 농촌에 미사일을 조준해주지는 않으리라.

그리고 보니 예전에, 아니, 세기말 즈음 '노스트라다무스의 대예언'이라는 것이 존재했다고 들었다. '1999년에 전 세계가 멸망한다'는 오컬트계 속설이었다. 당시는 냉전 중이었고 핵전쟁의 공포가 존재하던 때였기 때문에 꽤 많은 사람들이 그 예언을 진심으로 믿었다(「무」(주5)의 애독자이기 때문에 그런 지식에는 밝다).

왜 그때 멸망하지 않았을까.

실망이야, 노스트라다무스. 책임지라고, 고도우 벤(주6).

—이렇게 생각하다 말고.

'뭐하는 거야, 이게.'

테시가와라는 정신을 차렸다. 짜증스러운 일이 하루 내내 계속되는 바람에 기분이 상했던 모양이다. 지나치게 폭주했다.

그러고 보니 너무 좋아서 괴로우니까 차라리 없어져버려 하고 생각하면서 어느 절에 불을 지르던 소설이 있지 않았던가.

음, 그 기분은 이해할 수 있을 것 같다.

부엌문이 열리더니 아버지가 나타났다. 와이셔츠와 넥타이 차림에 작업복을 걸친 모습이 공업소에 다니는 사람이라는 티를 역력히 내고 있다. 하나가 마음에 안 들면 전부 밉다더니 이젠 저런 모습도 싫다.

"이봐, 몇 병 더 준비해."

"알았어요."

어머니가 가스레인지에 불을 붙이러 갔다.

주5) 무: 일본의 미스터리 오컬트 월간지.
주6) 고도우 벤: 노스트라다무스의 예언서를 바탕으로 한 「지구 최후의 날」의 저자.

뒤통수에 아버지의 고압적인 목소리가 들려왔다.

"카츠히코, 주말에는 현장 일을 도와라. 발파 작업을 할 거다. 공부라고 생각하고 폭파하는 법 배워 둬."

"…음."

"대답 똑바로 해."

"응."

반항기라는 티를 역력히 내면서 테시가와라는 쥐어짜 내는 듯한 목소리로 대답했다.

'발파 작업이라니.'

낡은 건축물을 폭탄으로 폭발 처리하는 일이 있으니 보러 오라는 뜻이다.

후계자가 되기 위한 공부의 시작이 그거라니. 참으로 아이러니한 일이 아닐 수 없었다.

방으로 돌아와 창문을 열었다. 환기를 하고 싶었다. 오래되어 잘 열리지 않는 나무 창틀 사이의 유리창이 덜그럭거렸다. 밤바람은 차갑고 습해서 기분 좋았다. 그대로 창가에 엉덩이를 걸치고 화분을 놓는 울타리에 다리를 걸쳤다.

담배를 피우고 싶어졌지만 마침 떨어져버렸다.

이 지역에서 사면 마을에 소문이 쫙 퍼지니까 담배는 멀리 가서 살 수밖에 없다. 기후 현에 갈 일이 있을 때 몰아서 사 오고는 있지만, 나갈 일이 적기 때문에 담배는 툭하면 떨어지곤 했다.

시골의 밤은 온통 어둠이었다.

옆 마을과 현 전체가 합동으로 가로등 설치 사업을 진행 중이라고 들었는데 이 마을에 제대로 된 가로등이 들어서려면 앞으로 50년은 더 필요하지 않을까 싶다.

어둠 속에서 미야미즈 신사의 도리이가 붉게 떠오르듯 보였다.

언덕의 오르막길 중간. 그 신사는 주변의 어둠을 물리치듯이 빛을 내뿜으며 서 있었다.

아마도 미츠하와 요츠하가 춤이니 뭐니를 늦게까지 연습하고 있으리라.

'정말 고생이 많구나….'

계속 이런 생각이 든다.

테시가와라는 문득 아버지의 선거 연설 현장에서 어깨를 굳히던 미츠하의 모습을 떠올렸다.

미야미즈 미츠하라는 여자는 원래 그 정도로 신경질적인 성격의 소유자는 아니다. 하지만 매일 조금씩 다양한 식으로 상처를 입다 보면 신경과민이 될 만도 하다.

돕고 있는 가업은 반쯤 구경거리로 전락한 상태. 매일 주목을 받느라 숨을 돌릴 틈이 없다. 별거하는 아버지는 가끔 얼굴을 마주하면 위압적으로 군다. 심지어 그 아버지는 검은 돈줄과 이어져 있다는 소문이 도는 상태다. 그 소문은 바람을 타고 늘 귀에 들어가고 있으리라.

그런 모든 상황을 종합해보면….

그녀가 정말로 불쌍하게 느껴졌다.

3

한 달 정도의 시간이 흘렀다. 중간고사 마지막 날 일정을 마치고 (답안을 채우는 일은 그다지 잘 마치지 못했지만) 그날 저녁에 테시가와라가 회사의 수레를 두는 공간에서 원동기를 만지고 있을 때 '우오즈미 형'이 얼굴을 내밀더니,

"도련님, 폐기 재료 중에 괜찮은 게 나왔어."

이렇게 말했다.

"정말로?"

"내가 왜 거짓말을 하겠어. 뭐, 한번 보러 오기나 해."

우오즈미는 테시가와라 건설의 직원이다. 27세지만 15세 때 입사했기 때문에 10년 넘는 경력의 소유자다. 회사의 젊은 직원들의 우두머리 역할도 맡고 있다.

테시가와라는 그와 어울리면서 성장했다. 취미도 테시가와라와 비슷해서 오토바이도 만질 줄 알고 전자 설비도 만들 줄 안다. 산속에 있는 그의 단독 주택에는 직접 만든 앰프나 스피커가 많이 있었다. 원래는 오오가키 시에 살고 있었지만 귀가 얼얼할 정도로 크게 프로그레시브 음악을 들어보고 싶다는 이유로 외딴 이토모리 마을로 이사 온 특이한 사람이기도 하다.

아니, 취미가 비슷하다기보다는 테시가와라의 무선 취미 자체가 거의 그의 영향으로 생겨났다고 해야 옳다.

고등학교에 진학하지 않은 이유는 학교와 교사에게 심각한 불신을 품어서라고 했다. 학교를 불신하게 되는 일은 흔했지만 평생 거

기에는 가지 않을 거다 하고 딱 잘라 말하는 모습은 평범하지 않았다.

이런 청년과 어린 시절부터 어울리면 자연스럽게 반골 기질을 키울 수밖에 없게 된다.

그런 '우오즈미 형'의 호출을 받아 적재장에 가보니 정말로 좋은 물건이 놓여 있었다. 큰 나무를 통째로 사각형 기둥으로 잘라내고 남은 옆 부분이었다. 한쪽은 평면이지만 반대편은 곡선이다. 면적은 다다미 한 장보다 약간 좁은 정도다. 그야말로 테시가와라가 생각하던 그대로의 물건이었다.

"받침대를 붙여야겠는데…."

테시가와라가 이렇게 말하자 프로가 조언했다.

"받침대는 가공 안 된 통나무 말고 제대로 원형으로 가공한 나무 봉을 이용하는 편이 좋아. 다듬기도 쉽고 디자인이 멋져 보이거든."

"알았어. 오늘 내로 만들어야지. 내일 옮겨다줄 수 있어?"

"5호차 짐칸에 도구와 함께 실어둬."

"진짜 고마워."

"완성하면 니스 꼭 바르고."

"하지만 나무 질감을 살려야 하는데."

"비도 맞을 거 아냐. 그러면 썩는다고."

"재료 창고에서 니스 캔을 가져가도 될까?"

"입 다물어줄 테니 감사하도록."

테시가와라는 떠나는 우오즈미의 등에 대고 손을 마주 대는 시늉을 했다. 무료로 재료와 도구를 손에 넣을 수 있는 이유는 여기가 집안에서 운영하는 회사이기 때문이다. 하지만 친절한 조언은 인간 관계가 좋은 덕분에 얻을 수 있었다.

곧 테시가와라는 거대한 나무 재료를 유압식 리프트를 이용해 트럭에 실었다. 그리고 미리 목재 중에서 빼냈던 통나무를 가공장으로 가져가서 목공 선반과 샌더를 이용해 원형 봉 네 개를 만들었다. 이어서 도구 창고에서 자기 목공 도구를 꺼내 온 뒤에 나무와 도구 상자를 트럭에 함께 실었다.

작업을 마친 뒤에 테시가와라는 다시 스쿠터를 손보는 작업으로 돌아갔다. 플러그를 빼고 교환한 후에 브레이크 오일을 보충했다. 이어서 차체를 물로 씻어낸 후에 시트만 낡은 천으로 닦아주고서 젖은 스쿠터를 타고 귀가했다.

방에 올라간 후에 휴대전화를 꺼내서 채팅 앱을 실행하고 사야카와 미츠하에게 메시지를 보냈다.

《내일 학교가 끝난 뒤에 시간 비워둬.》

5분 정도 지난 후에 사야카가 답장을 보냈다.

《왜?》

이어서 미츠하도 답장을 보냈다.

《왜?》

메아리냐. 테시가와라는 웃었다.

테시가와라와 친구들이 다니는 고등학교는 시험을 본 다음 날에는 5교시까지만 수업을 한다. 남은 오후 시간에는 선생님들이 학생들의 시험 결과를 분석하거나 채점 기준을 재검토하고 아직 못다

한 시험 채점을 필사적으로 마무리한다.

아침에 교실에 도착하니 '여우에 홀린' 상태의 미츠하가 있었다.

미츠하는 요즘 때때로 이런 상태가 된다. 여우에 홀렸다고는 하지만 이상한 울음소리를 내거나 들판에 굴을 파거나 유달리 유부를 먹어치우거나 등잔의 기름을 핥지는 않는다(물론 등잔을 아직 쓴다면 핥았을 가능성이 제로는 아니지만). 하지만 구겨진 옷을 입고서 사람들 앞에 나서고 주변 사람들의 이름이나 관계를 완전히 잊어버리는 등의 상태에 빠진다.

지난 한 달 사이에 일곱에서 여덟 번 정도 이런 일이 있었다.

그때마다 기묘한 경험이 늘었다. 브래지어를 차지 않고 농구 시합을 해서 고등학교 남학생들의 눈을 즐겁게 했다. 스커트 밖으로 드러나는 흰 다리를 복도로 내밀고 앉아서 또 감수성이 예민한 고등학교 남학생들을 두근거리게 했다. 치마를 펄럭이며 걸어서 같은 반 여학생들을 놀라게 하기도 했다(가끔 여학생들이 인간 바리케이드를 결성할 때도 있다). 그런 의미에서는 이상한 울음소리는 내지 않아도 이미 기행을 벌이고 있다고는 할 수 있으리라.

어째서 대뜸 '여우에 홀린' 상태임을 알았냐면 머리 모양이 평소와 달랐기 때문이었다.

긴 머리카락을 머리 위쪽으로 한데 묶은 상태이기는 한데 그 모양이 정말 이상해서 포니테일이라기보다는 만화나 드라마에 등장하는 사사키 고지로(주7) 스타일에 가까웠다. 목검을 건네주면 근처를 날아가던 제비나 참새를 당장 두 동강 낼 수 있을 것 같다.

그렇게 다른 사람처럼 변하기 때문에 '무엇인가가 빙의했다＝여

주7) 사사키 고지로: 에도 시대 초기의 검객. 미야모토 무사시의 라이벌로 유명하다.

우에 흘렸다'로 표현하고 있지만, 사실 이 모습은 미야미즈 미츠하를 속박하고 있던 무형의 규칙으로부터 해방된 상태이니 '씌었던 것이 떨어졌다'는 표현이 옳을지도 모르겠다. 하지만 한편으로는 천국의 주민이 된 마이클이 빙의한 무녀처럼 행동할 때가 있기도 했으니 역시 빙의되었다고 말해서 크게 문제될 일은 없으리라.

그런고로 기억력 쪽으로도 믿을 수 없는 상태의 미츠하가 나타났기 때문에 테시가와라는 우선 물었다.

"야아, 오늘 약속은 기억하지?"

미츠하의 대답은 예상대로였다.

"어어, 뭐였더라?"

"오후에 시간을 비우라고 했잖아. 사야하고 함께."

미츠하는 허공을 응시하며 그런 건 적어뒀어야지 하고 알 수 없는 말을 중얼중얼 한 뒤에,

"아, 그랬구나. 미안, 전혀 기억에 없습니다. 달리 예정이 있지는 않으니 아무 문제도 없어요."

"누구 흉내여."

저도 모르게 사투리로 핀잔을 날렸다. 어조에 일관성이라고는 없다.

"너도 누구 흉내를 내는겨. 가짜 칸사이 사람."

옆에서 사야카가 핀잔을 날렸다.

"그러시는 당신은 또 누구신겨"라고 미츠하가 사야카에게 핀잔을 날렸다. 핀잔이 멋지게 한 바퀴를 돌았다.

학교를 마친 후에 미츠하와 사야카를 데리고 버스 정류장으로 갔다. 버스 시간표 바로 옆의 예전 구멍가게 반대편에는 공터가 있다. 땅에는 자갈이 깔려 있어서 먼지가 피어오르지 않는다.

"왜? 어디 가게?" 사야카가 이상하다는 투로 물었다. 어딜 가려고 해도 다음 버스가 도착하는 때는 저녁 시간이다.

테시가와라는 대답 대신 길 저편을 향해 손을 흔들었다.

"어, 왔다. 여기, 여기."

테시가와라 건설의 경트럭이 버스 정류장 공터에 멈춰 섰다. 양쪽 문이 열리더니 우오즈미와 모토마사가 내렸다. 모토마사는 우오즈미보다 나이가 약간 어린 직원으로 주니치 야구단의 전직 선수인 야마모토 마사와 닮아서 모토마사라고 불리지만 원래 성은 콘도다. 본명과 별명 다 주니치 선수와 같은 것이다. 그러나 본인은 한신 야구단의 팬이라고 했다.

두 사람은 테시가와라가 도울 틈도 없이 순식간에 짐칸에서 짐을 내렸다. 어설프게 다른 사람이 돕지 않는 편이 빠르다. 그것이 프로의 훌륭한 점이다.

"이러면 되지?"

"응, 고맙습니다."

"사장님에게 급여 좀 올려달라고 해."

일이 있다면서 두 사람은 다시 트럭에 타더니 떠나갔다. 떠나는 속도 역시 빠르기 그지없었다.

"자."

테시가와라는 놓여 있는 목재와 도구를 두드렸다.

"이게 없다, 저게 없다 하고 불평만 해서야 아무것도 변하지 않아. 어이, 미츠하."

"어, 왜."

이름을 불린 미츠하가 깜짝 놀랐다.

"아니, 그게 뭐야?"

"이건, 이 녀석은 지금부터 목재의 멋을 살린 북유럽풍 가구 비슷한 무엇인가로 변신할 예정이야."

"뭐?"

"없으면 만들면 돼. 멋진 카페가 없어서 실망할 시간에 직접 만들자고. 지금부터 여기는 카페 건설 예정지다!"

미츠하는 놀라고 당혹스러운 표정을 지었다. 사야카는 미간을 찌푸리며 고개를 옆으로 기울였다.

미츠하가 말했다.

"그걸 만들 수 있을까?"

"건설업자의 아들을 우습게 보지 마. 후계자다운 일 정도는 할 수 있어."

"벽이나 천장은?"

"거기까지는 무리지만 대신 멋진 테이블과 의자를 만들 거야."

"오픈 카페네."

"그렇지."

사야카가 황당한 표정으로 입을 열었다.

"네가 만들게?"

"나 혼자 하라고? 너희도 해야지."

"뭐?"

"할래, 할래."

반응이 갈렸다. 의외였다.

의욕적으로 나서는 사람이 미츠하인 사실도 의외였다. "으음, 이런 건, 해본 적이 없는데"라는 말을 하면서 뒤로 물러서서 팔짱을 낄 타입인 줄 알았는데.

하지만 분위기는 좋다.

4

테시가와라가 펜으로 재료에 위치를 표시하고 미츠하가 그 부분을 톱으로 자르는 것으로 역할을 분담했다.

미츠하는 테시가와라의 톱을 들고 중국 무술 연기를 하듯이 손목을 돌려 보인 뒤에 멈춰 서서 포즈를 취했다. 남자가 칼 종류를 손에 들면 반드시 해보는 포즈다.

"이야, 본격적인 DIY는 한번 해보고 싶었어."

테시가와라는 고개를 들었다. "DIY 같은 언악한 표현을 쓰지 마. 공작이라고."

"그렇구나. 그러면 공작원이 된 거네."

뭔가 좀 이상하다.

통나무의 표시를 보며 미츠하가 말했다. "여기를 반으로 자르면 되는 거지?"

"그래."

"반으로 자른 통나무를 놓고 스툴처럼 쓰게?"

"그러면 너무 심심하잖아. 등받이 정도는 붙일 거야. 앉는 자리
도 좀 편하게 다듬고 싶지만 그건 나중에 해야 할지도."

"흐음."

미츠하는 통나무에 톱을 대고는 살짝 밀었다. 그리고 한쪽 다리
를 통나무에 걸치고 맹렬하게 톱을 움직이기 시작했다.

그 모습을 보고 당황한 사람은 사야카였다. 그녀가 미츠하를 뒤
에서 붙잡았다.

"자, 자, 잠깐만. 안 돼, 안 돼."

사야카가 미츠하에게 들러붙자 왜인지 미츠하도 당황했다.

"아아아, 나토리 씨, 사야카 씨, 안 돼, 안 돼, 닿으면 안 돼, 야단
맞는다고. 아, 내가 닿은 게 아니니 괜찮으려나. 안 괜찮으려나. 괜
찮은가? 어떨까."

"무슨 소리를 하는 거니, 너."

"이, 일단 밀착은 하지 말아줘. 텟시에게도 미안하니까."

"엥?"

사야카는 미츠하의 등을 찰싹 하고 쳤다.

"어쨌든 진정해. 얼마 전에도 반 애들한테서 야단맞았잖아."

"…네."

아무래도 반 여학생들과 무슨 대화를 나누었나 보다. 테시가와라
는 무서워서 무슨 말이냐고 물을 생각도 들지 않았다.

미츠하는 다리를 얌전히 오므리고는 치마를 왼손으로 누르고 한

손으로 톱을 움직이기 시작했다. 당연히 잘 잘릴 리가 없다. 뒷모습이 어설펐다.

어쩔 수 없으니 나도 도와줄게 하고 사야카가 말을 꺼냈기에 테시가와라는 샌더를 주고 윗부분을 연마하는 방법을 가르치기로 했다. 우오즈미가 찾아준 잘린 나무 부분은 아랫부분에 발을 붙여서 테이블로 만들 생각이었다.

"이게 뭐야?" 사야카가 도구를 받아 들고 물었다.

"샌더. 뭐, 전기로 움직이는 줄 같은 물건이야."

"샌, 더."

미츠하가 이상한 어조로 단어를 따라했다. 동음이의어라도 떠올린 모양이다.

테시가와라는 테이블에 다리를 붙이기 위한 준비를 시작했다. 다리 부품은 어제 이미 준비해둔 상태다. 이제 테이블 아래쪽에 다리를 고정할 구멍을 만들면 된다.

한동안 세 사람은 각각 달리 손을 움직였다.

갑자기 미츠하가 "아, 진짜!" 하고 소리를 질렀다.

그녀는 톱을 든 채 세 사람이 가방을 놓아둔 곳으로 성큼성큼 걸어가더니 자기 가방에서 휴대전화를 꺼내 전화를 걸었다. 상대가 전화를 받았다.

"아, 여보세요? 응, 응. 저기, 부탁이 있는데."

톱을 어깨에 걸치고 전화로 대화를 나눈다.

"아니, 아니, 그러지 말고, 아이스크림 사줄게. 어? 하겐다즈? 좋아. 진짜로. 정말, 정말이야."

3분 후에 미야미즈 요츠하가 종이봉투를 흔들며 나타났다. "이거면 됐지?" 하고 미츠하에게 내민다.

"고마워, 요츠하 양."

"야앙?" 요츠하가 기분 나쁜 표정으로 언니를 바라보았다.

종이봉투 안에는 체육복 바지가 들어 있었다. 미츠하는 스커트 아래로 체육복 바지를 입더니 '이제 됐지'라는 표정으로 사야카를 바라보았다. 그러고는 톱을 팅팅 하고 소리 나게 두드린 후에 "이놈"이라고 누구에게 향하는지 모를 대사를 내뱉으며 발로 통나무를 밟았다. 그러고는 신나게 톱을 움직이기 시작했다.

"이 톱은 엄청나게 잘 드네."

"그야 그럴 수밖에. 프로의 도구인걸."

"치마 밑에 체육복 좋네. 지금까지 이런 차림새를 하다니 웃기다고 생각했는데, 이거 좋은걸."

"웃기다고 생각했구나." 사야카가 샌더를 움직이며 중얼거렸다.

쭈그리고 앉아서 치마를 누른 채 작업을 하던 사야카가 문득 입을 열었다.

"그러고 보니, 이 공터를 마음대로 사용해도 되는 걸까?"

테시가와라가 대답했다. "뭐, 괜찮을걸."

"정말로? 야단맞지 않을까?"

"여기는 구멍가게 할아버지네 땅이잖아. 죽은 할아버지는 내가 부탁하면 안 된다는 말을 하지 않았을 거야."

"음, 하긴 그러네."

"이 동네는 지연이 대단하구나." 미츠하가 왠지 남 일처럼 말했다.

요츠하는 아이스크림 광고가 붙은 푸른색 벤치에 앉아 언니가 사준 벌꿀 레몬 음료수를 홀짝거리고 있었다.

한동안 지루한 표정으로 상황을 지켜보더니,

"뭐야, 이게. 뭘 만들어?"

"뭐라고 생각해?" 미츠하가 물었다.

"…동네 쉼터?"

테시가와라가 말했다.

"그보다 멋진 호칭이 좋겠어. 음식도 먹고 음료수도 마시는 곳으로."

"푸드 코트."

"영어라고 멋진 게 아냐." 사야카가 말했다.

물론 하루 만에 작업이 끝날 리는 없었다.

정신없이 망치를 내리치던 테시가와라는 문득 고개를 들었다. 어느새 낮도, 밤도 아닌 시간대에 접어든 상태였다.

테시가와라와 사야카는 누가 먼저랄 것도 없이,

'오늘은 여기까지만 할까.'

이런 생각을 하며 일어섰지만 미츠하는 작업을 그만두지 않았다. 미츠하는 스툴 바닥 부분을 평평하게 만드는 작업을 하고 있었다. 그 작업에 완전히 정신을 쏟고 있어서 지금 돌아가자는 말을 꺼내면 분위기가 깨질 것 같았다.

손을 뒤로 향해 맞잡고 몸을 양옆으로 흔들던 사야카가 하늘을 올려다보며,

"이제 정리할 시간이야."

이렇게 중얼거렸다.

미츠하는 고개를 들어 사야카를 흘깃 바라보았다. 반발하기보다는 어떤 중요한 사실을 미처 묻지 못했다는 듯한 표정이었다. 그녀는 체념하고 도구에서 손을 뗐다.

"뭘 그렇게 필사적으로 해. 천천히 하면 되는데."

"그렇기는 한데."

미츠하는 주머니에 엄지손가락만 꽂은 채 툭하니 내뱉었다.

"다음에는 언제 올 수 있을지 모르니까."

"뭐어?"

무슨 소리야?

"아쉽네….."

우울하고 슬픈 시선으로 미츠하는 산 능선으로 사라져가는 붉은 석양을 바라보았다.

그 모습이 너무나 그럴싸해서 그녀의 기분이 전염될 것 같다고 테시가와라는 생각했다. 상쾌한 바람이 목 아래를 간질이는 듯한 감각이었다.

테시가와라는 입을 열고 물었다.

"너, 이 마을에서 떠나고 싶어하지 않았어?"

"어? 왜?"

미츠하는 정말로 놀란 듯이 되물었다.

"그렇게 말했잖아."

테시가와라가 말하자 미츠하는 시선을 하늘로 향했다. 마치 하늘에 있는 누군가를 노려보는 듯한 표정이었다.

"왜 그런 말을 했을까." 사라져가는 석양 속에서 미츠하가 중얼거렸다. "이 마을에는 뭐든 다 있는데. 깨끗한 공기와 맛있는 물, 그리고 향기를 머금은 바람과 빛나는 호수, 그리고 깊은 밤하늘…."

"너 말이야, 가끔 완전히 다른 사람 같아."

"엇."

미츠하가 흠칫 놀랐다.

"다카라즈카(주8)의 남자 역할 배우에게서 영향이라도 받았나."

"다카라즈카라니…."

이런 대화를 나누는 사이에 테시가와라의 마음속에서 미야미즈 미츠하라는 인간의 위치가 확 바뀌었다.

테시가와라의 머릿속에서는 복잡한 처리 과정이 이루어졌지만 굳이 말로 표현하자면 이랬다.

미츠하 이 녀석은 이러니저러니 해도.

이 마을의 아름다운 점을 제대로 파악하고 있고 가치가 있음을 받아들이고 있구나.

뭐야.

안심했다.

아아….

이 녀석, 괜찮은 놈이구나.

주8) 다카라즈카: 일본의 무대 공연의 일종. 연극과 쇼로 구성되며 모든 배역을 여성 배우가 맡는다.

이 녀석은 괜찮은 놈이다. 믿어도 되겠어.

테시가와라는 이렇게 생각한 것이다.

이 녀석은 마음이 통할 수 있는 상대다.

미츠하에게 그런 생각을 품게 되기는 처음이었다.

미츠하는 초등학교에 입학하기 전부터 친했던 소꿉친구라서 서로의 마음을 잘 알아채는 편이었지만 그렇다고 완벽하게 마음을 허락한 사이는 아니었다.

그녀의 성격이 마음에 들지 않아서라는 의미는 아니다. 오히려 반대다. 다소 연애 감정을 품었던 시기도 있을 정도다.

그런 뜻이 아니라 쉽게 마음을 열 수 없었던 이유는 그저 테시가와라가 남자이고 미츠하는 여자였기 때문이다.

상대가 사야카여도 마찬가지다.

성별이 다르면 역시 마음에 벽이 생긴다.

저쪽도 그렇고 이쪽도 그렇다.

감각이 다르기 때문이다.

그래서 솔직히 마음을 터놓고 대화를 나눈 적이 없다. 테시가와라도 그랬고 미츠하도 마찬가지였으리라.

하지만 이 순간—이 지역 말로 '카타와레도키'라 불리는 '카와타레도키(彼は誰時)'(주9), 빛과 어둠이 한데 섞여 있는 지금, '말해도 어차피 통하지 않는다' 혹은 '들어도 어차피 모른다'라는 테시가와라의 마음속에 존재하던 거부감이 사라져버렸다.

"나 있잖아."

테시가와라는 갑자기 입을 열었다.

주9) 카와타레도키: 황혼 무렵의 시간을 가리키는 옛 일본어로, 이 작품의 배경인 이토모리에서는 방언으로 카타와레도키라고도 말한다.

"나도 이런 마을은 떠나버리고 싶다는 생각을 하지만 그럴 수가 없어. 책임질 일도 있고 의리도 있으니까. 그리고 이런 마을은 정말 싫지만 좋아하는 부분도 있어. 다 때려치우고 나가버리면 기분은 좋겠지. 하지만 여기 머물면서 노력해보자는 마음도 들어. 이런 마을 따위라는 소리를 듣지 않을 마을로 만들고 싶다는 생각도 해."

단숨에 이렇게 말하고 나자 모여 있던 모두가 침묵했다.

이럴 때, 뭐어? 나 갑자기 혼잣말을 그렇게 내뱉으면 어떻게 해 하고 대응하는 것이 일반적인 여자의 반응이었다. 적어도 테시가와라의 세계관에서는 그랬다.

미야미즈 미츠하의 반응은 그렇지 않았다.

그녀는 진지한 표정으로 고개를 끄덕였다.

"저기, 사야, 텟시."

'여우에 홀린' 상태의 미츠하가 사야와 텟시라는 호칭으로 그들을 부르기는 어쩌면 처음인지도 모른다.

미츠하는 그들에게 다가와 일단 입을 한 번 꾹 다물더니.

다시 입을 열고 이렇게 말했다.

"조만간 제대로 이야기를 할게."

제
3
화

어
스
바
운
드

1

소리 없이 미닫이문을 열고 언니의 방을 살짝 들여다보면서 미야미즈 요츠하는 불만스러운 표정을 지었다.

평일 아침이었다. 요츠하는 아침에 잘 일어나는 편이다. 오늘도 6시에 정확하게 눈을 뜨고 벌떡 일어나 이불 위에 올라서서 안쪽과 바깥 창을 함께 열어젖혔다. 날씨를 확인하고 만족한 후에 창가에 이불을 걸쳤다.

탈의실 세면대에서 비누를 써서 하푸하푸 세수를 마치고 거의 1분 만에 옷을 갈아입은 후에 머리를 빗어 양 갈래로 묶었다.

여기까지 마치고 나자,

'아, 배고파….'

요츠하가 다니는 이토모리 초등학교에는 예전에 시라카와 마을의 절에 있었다는 할아버지 선생님이 계신다.

그 선생님의 입버릇은,

'이것도 인생의 시련이지.'

—였는데 하도 매일같이 그 말씀을 반복하시기 때문에 이토모리 초등학교의 모든 학생이 적어도 한 번은 반드시 그 흉내를 낸 적이 있을 정도다.

요츠하는 생각한다. 배가 꼬르륵거리고 배가 고프다는 것을 느끼고 있는데 아직 밥 준비가 되어 있지 않고 시간이 걸릴 것 같다…는 현 국면이 바로 어떤 종류의 '인생의 시련'이 아닐까 하고.

초등학생인 요츠하가 그 표현을 제대로 이해할 수 있을 턱은 없다. 그저 대충 그런 식의 느낌이리라고 초등학생다운 사고 능력으로 생각했을 뿐이다.

"아아, 인생의 시련이야."

이렇게 말하자 세탁기에 빨래를 넣던 할머니가,

"그게 무슨 소리니."

하고 되물었다.

이런저런 의미라고 설명하자 할머니는,

"그러면 아침밥 당번을 깨우려무나."

왜 아침밥 준비가 아직 되어 있지 않으냐면, ①오늘은 언니인 미츠하가 취사 당번이고 ②그 미츠하가 아직 일어나지 않았기 때문이다.

여동생인 요츠하의 눈으로 보기에도 미츠하라는 사람은 정말로 존재감이 없는 사람이었다. 숙제를 잊어버리는 일은 없고 성적도 좋은데 세상의 흐름에서 한 발짝 벗어난 듯한 느낌을 준다.

듣기 좋게 표현하자면 차분하다. 하지만 때때로 말도 안 될 정도로 멍한 모습을 보일 때도 있었기 때문에 왠지 우주인에게서 명령을 받는 사람 같아서 무섭다. 참고로 우주인이라는 개념을 요츠하에게 불어 넣은 사람은 텟시라고 불리는 체격만은 거대한 이웃의 고등학교 남학생이다.

사춘기라서 잠들지 못하는 밤도 있다는 것 같다. '사춘기라서 잠들지 못하는 밤도 있으니까'라고 미츠하가 요츠하에게 실제로 말한 적도 있다.

실제로 미츠하에게는 잠들지 못하는 날이 있어 보였다. 요츠하가 한밤중에 화장실에 가기 위해서 미츠하의 방 앞을 지날 때 방바닥을 뒹굴뒹굴, 뒹굴뒹굴 구르는 소리가 들린 적이 있었다.

왜 저럴까 하고 생각하며 지나치려던 그때, 방 안에서 들려온 언니의 혼잣말은,

"—아아, 사는 게 힘들어."

요츠하는 헛소리 말고 어서 자 하고 대꾸하려다 왠지 기분이 내키지 않아서 포기했다.

미츠하는 일단 잠들면 쉽게 일어나지 않는다. 요츠하는 거실에서 낮잠을 자던 미츠하를 깨우려 한 적이(청소에 방해가 돼서) 있었는데 아무리 흔들고 때려도(실제로 제법 때렸다) 미츠하는 일어나지 않았다. 결국 의식에서 사용하는 방울과 북을 귓가에 대고 흔들고 두드려보기까지 했지만 그래도 눈을 뜨게 하는 데는 실패했다. 귀에 이어폰을 꽂고 데스메탈 종류의 음악을 최대 음량으로 틀어도 아마 일어나지 않으리라.

그렇게 웬만해서는 일어나지 않는 늦잠꾸러기 언니 미츠하를 이제부터 깨워야 한다.

발바닥의 급소를 힘껏 누르면 일어나려나 하는 생각을 하면서 복도를 걷던 요츠하의 귀에 부스럭거리는 소리가 들려왔다. 언니의 방이다.

벌써 일어났나, 그러면 부르기만 해도 되겠지, 발바닥 급소를 힘껏 누르지 않아도 되겠네—라고 생각하며 미닫이문에 손을 댔는데 왠지 방 안의 분위기가 이상했다.

'우와, 또야?'

살짝 안을 엿볼 정도로만 문을 열었다. 역시나였다.

이불 위에 언니가 누워 있었다.

짙은 핑크색 파자마 위로 자기 가슴을 주물주물, 주물주물, 주무르면서.

'으억.'

요츠하는 저도 모르게 다시 입술을 일그러뜨렸다.

요즘 종종 이런 일이 있다. 미츠하가 아침에 열심히 자기 가슴을 두 손으로 주무르는 일 말이다.

그때의 표정은 마치 '가슴이 있다니 훌륭해'라고 말하는 듯했다. 요츠하는 언니가 슬슬 머리가 어떻게 된 게 아닌가 하는 생각을 하게 되었다. 원래 가진 부위 아니던가.

자기 몸을 자기가 끌어안고 뒹굴뒹굴 굴러다닐 때도 있었다.

무슨 짓인지 모르겠다.

그렇게 자기 몸이 좋은가?

자기 몸만 그러는 건 상관없지만 혹시 등 뒤에서 나를 끌어안고 가슴을 만지거나 하지는 않겠지.

으아, 상상해보니 진심으로 무섭다.

미리 대책을 세워두는 편이 좋을지도 모르겠다.

팔꿈치로 옆구리를 찍어도 될까. 발뒤꿈치로 발을 힘껏 밟는 건 OK?

"할머니이이이이이."

복도를 마구 달려서 부엌에 도착하자 할머니는 "이 녀석" 하고 요츠하를 야단쳤다. 요츠하는 브레이크를 거는 소리를 머릿속으로 상상하며 멈춰 서서 얌전한 표정을 지었다. 할머니는 미츠하 대신 아침 식사를 준비하는 중이었다.

"할머니, 언니가 오늘도 이상해."

"저런."

"'저런'이 아니야. 정말 위험해."

"그러니."

"으, '그러니'가 아니라니까…."

요즘 언니는 전체적으로 이상하다. 원래 좀 이상한 면이 있기는 했지만 요즘은 스위치를 켰다 끄듯이 완전히 다른 사람이 될 때가 있었다. 오늘 그녀가 딱 그렇다.

'변신 모드' 때의 이상한 언니는 어떤 사람인가.

머리카락이 엉망이 된다. 머리를 잘 빗고 다듬는 일이 진심으로 귀찮다는 표정으로 대충 머리끈 하나로 묶어버린다.

전체적으로 몸가짐이 엉망이 된다. 다리를 벌리고 앉아서 할머니에게서 야단도 맞았다.

목욕을 하지 않는 날이 늘었다.

때때로 말투가 남자 같아진다.

그리고 자기 몸을 여기저기 만지곤 한다.

'왜 그러지?'

사람들이 뒤에서 손가락질을 하지 않도록 지금까지 지나칠 정도로 반듯한 모습을 보이던 언니가 요즘 갑자기 저렇게 엉망이 되다니 이상하다.

이상한 때와 평소와 다름없는 때가 주기적으로 교차하는 수수께끼.

"왜 저럴까?"

할머니에게 물어보아도,

"그러게…."

지극히 느긋한 대답이 되돌아올 뿐이었다.

요츠하는 느긋할 때가 아니라고 생각하지만 할머니는 별로 신경 쓰지 않는다.

할머니가 일관적으로,

'아무튼 괜찮을 거야.'

이런 태도를 취하고 있기 때문에 어린 요츠하는 어라, 그런가 하고 넘어갈 수밖에 없다.

그런 건가?

그런 건지도 모르지만 언니의 상태에 조금 신경을 쓰는 편이 나을 듯한 기분도 든다.

상태에 신경을 쓴다면….

그러고 보니 얼마 전에 이상한 대화를 나누었다.

목욕을 하고 나온 요츠하의 파자마 어깨 부근을 살짝 잡으면서 미츠하가 갑자기 이렇게 말했던 것이다.

"저기 있지, 내가 이상한 짓을 하지 않는지 주의 깊게 관찰해줘. 그리고 나중에 보고해주고."

이상한 짓?

요츠하는 물었다. "보고라니, 누구에게?"

"나에게."

"엥?"

2

그날 오후에 요츠하는 통학로를 혼자 걸어서 귀가 중인 나토리 사야카를 붙드는 데 성공했다.

"어라, 텟시는 어디 가고?"

요츠하가 이렇게 물은 이유는 사야카가 학교에서 돌아올 때에는 늘 테시가와라와 함께 있었기 때문이었다.

"회사 사람이 데리러 와서 트럭을 타고 어디론가 가버렸어. 일이 있어서 마츠모토까지 간다던데."

"마츠모토라니, 나가노의?"

"맞아. 분명히 나쁜 짓을 하러 가는 거야." 사야카가 작은 목소리로 말했다.

"어, 나쁜 짓이라니? 예를 들면 어떤?"

"으~음, 잘은 모르지만 분명히 우리들처럼 올바르고 마음이 착한 사람들은 상상조차 할 수 없는 일."

"대단하다. 상상조차 가지 않을 정도로 나쁜 짓이라니, 보고 싶어."

"그러게 말이야. 남자들끼리 뭘 하러 가는 건지."

남자들의 세계는 정말 알 수 없다니까 하고 사야카는 한숨 섞인

목소리로 중얼거렸다. 요츠하는,

"그런가?"

하고 고개를 갸우뚱거렸다.

주변의 초등학교 남학생 집단을 보고 느낀 사실인데, 남자의 세계는 굳이 이해하려 들지 않아도 알 수 있을 정도로 단순하다.

남자의 세계는 '바보'라는 두 글자로 충분히 표현이 가능하다. 남자의 세계에는 '바보 같을수록 훌륭하다'라는 단순한 법칙이 존재했다. 남자들은 바보스러운 짓을 하고 자기들끼리 기뻐한다. 그리고 무리에게서 더 인정을 받고 싶은 마음에 점점 더 바보 같은 짓을 벌인다. 악순환의 연속인 것이다.

그렇기에 선량한 여자 입장에서는 옆에서 보면서 바보구나 하고 중얼거리면 그만이었다. 남자에게 바보라는 두 글자는 훈장과도 같아서 들으면 들을수록 진심으로 기뻐하기 때문이다. 잘 생각해보면 근본적으로 좀 뒤틀린 이야기이기는 하다.

초등학생이 아는 어휘의 한계 내에서 대략적으로 이런 이야기를 꺼내자 사야카는 자세를 바로잡더니,

"요츠하, 너, 대단하구나."

비꼬는 것이 아니라 진심으로 감탄하고 있다는 사실이 사야카의 태도에서 느껴졌다.

요츠하는 사야카의 이런 점이 좋았다. 그녀는 상대가 나이가 어리다고 해서 무시하거나 거만하게 굴지 않는다.

마음이 넓고 얼굴도 귀엽다.

그런 그녀가 왜 텟시 같은 남자와 같이 다니는지 도저히 알 수가

없다. 요츠하 입장에서 보면 '언니네 세계는 정말로 알 수 없는 곳'이었다.

그렇게 잘 알 수 없는 언니네 세계의 상황에 관해 묻기 위해서 요츠하는 사야카를 불러 세웠던 것이다.

"우리 언니, 요즘 학교에서 어떻게 지내?"

"어떻게라니?"

"이상한 짓 안 해?"

"이상한?"

"응."

"으~음, 걔는 원래 좀 이상했으니까…."

요츠하와 비슷한 평가다. 역시 언니의 친구답다.

음 하고 귀여운 신음을 내뱉으며 고민한 끝에 사야카가 내뱉은 말은,

"누가 뭐라고 생각하건 상관없다… 랄까?"

"뭐?"

"그런 태도를 취할 때가 많아졌어. 원래 미츠하의 취지는 정반대였을 텐데."

"어, 그게 무슨 뜻이야? 포기하고 막 나간다고?"

"음, 그렇게 표현할 수도 있겠네. 뭐랄까, 그러니까, 자포자기?"

사야카와 손을 흔들며 헤어진 뒤에 요츠하는 미야미즈 신사의 도리이 앞 돌계단에 앉아서 턱을 괴고 생각에 잠겼다.

누가 뭐라고 생각하건 상관없다는 태도.

그건 분명히 자포자기다.

어째서 언니는 자포자기 상태에 빠진 걸까.

혹시 삶을 바꾸어놓을 만한 어떤 강렬한 사건이 벌어져서는 아닐까.

언제 어디서 무슨 일이 생겼을까.

어떤 사건이 벌어지면 사람이 그렇게 변할까.

예를 들어—그렇지.

무척 중요한 무엇인가를 잃고 살 의지를 버렸다거나.

그렇구나, 그런 일이라면 가능하겠다.

하지만 그렇게 소중한 보석 같은 물건을 언니가 가지고 있었나.

예를 들어 요즘 홀린 듯이 모으는 무수한 고슴도치 굿즈를 버려도 꺅이나 으앙 같은 소리를 내기는 해도 인생을 자포자기하지는 않을 것 같은데.

'으~음.'

왠지 아니다.

'아!'

두근 하고 심장이 크게 뛰었다. 가슴에 충격이 있은 후에 무척 중요한 사실이 머리에 떠올랐다.

얼마 전에 냉장고에 들어 있던 언니의 아이스크림을 깜박하고 먹어버렸다.

목욕을 마치고,

'아, 아이스크림이다. 먹어야지.'

아무 생각 없이 먹기 시작했는데 나중에 포장지에 '미츠하'라고 써놓은 것을 발견했던 것이다.

순간적으로,

'큰일 났다.'

이렇게 생각했지만 그렇다고 먹던 도중에 그만두고 다시 냉동실에 넣을 수도 없었기 때문에 일단 다 먹고 포장지를 치워서 증거를 은폐했다.

그러고 보니 그 일….

'내 아이스크림이 없잖아! 누가 먹었어?!'라고 추궁하지 않은 것은 왜지?

이상하다.

어쩌면 그렇게 날뛰지 못할 정도로 충격을 받았는지도 모르겠다.

언니는 평소에 무심하게 구는 사람치고는 상처받기 쉬운 편이어서 별것 아닌 일에도 마음에 크게 상처를 입을 수 있다. 큰일 났다.

요츠하는 벌떡 일어서서 돌계단을 뛰어 내려가 집으로 달려갔다.

집 현관 앞에도 돌계단이 있었다. 뛰어 올라간다. 힘차게 현관문을 열어젖히고 구두를 벗어 던지고 안으로 들어갔다. 복도 기둥에 몸을 부딪쳤지만 멈추지 않았다.

언니는—미츠하는 멀리 이어지는 복도에 서 있었다. 난간에 몸을 기대고서 정원을 바라보고 있었다.

어째서 자기 집 정원을 저렇게 빤히 바라보고 있을까 하는 의문은 잠시였고, 요츠하는 곧장 미츠하에게 달려들었다.

"언니! 하겐다즈 크리스피 샌드 타이티 바닐라를 먹어버려서 미안해!!"

좋지 않은 상상까지 머리에 떠올라서 요츠하는 울먹였다.

갑자기 동생에게 붙들린 미츠하는 '어, 왜 이래?'라는 표정으로 태연하게 그녀를 받아주었다. 하지만 두 손은 가볍게 주먹을 쥔 상태였다. 마치 '여동생이어도 여자에게는 손을 대면 안 된다'고 결심한 사람 같았다.

미츠하는 태연하게 대답했다.

"그랬어? 괜찮은데."

요츠하는 눈을 크게 떴다. 그리고 언니의 얼굴을 빤히 바라보았다.

"괜찮아? 정~ 말~ 로?"

"아이스크림 좋아해? 다음에 사서 냉동실에 넣어둘게."

"어? 정말? 사주게? 진짜?"

"그래. 저쪽에서도 멋대로 돈을 쓰고 있으니 서로 마찬가지인데 뭐."

그 말을 들은 요츠하는 눈살을 찌푸리며 이상한 표현을 지적했다.

"서로 마찬가지라니? 누구와?"

"어, 누구라고 할까…. 또 한 사람의 나랄까?"

"뭐?"

아동용 판타지 소설에 나올 법한 대사였다. 갑자기 우주인설의 신빙성이 확 높아진다.

다음 날 밤. 목욕을 마친 요츠하는 보리차에 얼음을 넣어 마시려고 냉동실을 열었다가 컵 아이스크림을 발견했다.

'어, 정말 사 왔네.'

보리차는 관두고 주전자에 물을 끓여서 녹차를 우렸다. 그리고 찬장에서 티스푼을 꺼내 들고 부엌 테이블에 앉아 아이스크림을 우물우물 먹기 시작했다.

아직 초등학생인 요츠하는 호불호가 무척 강했다. 하지만 행복과 불행에 관해서는 아직 제대로 구분이 서지 않는 상태였다. 그런 건 아직 잘 모르겠어 하고 자각하는 정도다.

그렇지만 목욕을 마치고 냉동실을 열었는데 아이스크림이 들어 있는 것을 본 순간, 혹시 이게 행복이라는 감정일지도 모르겠다고 생각했다. 이 느낌이야말로 세상에서 흔히들 말하는 '행복'에 가까웠다. 앞으로 살아가면서 다양한 경험을 하게 될 테지만 미래의 행복한 체험은 모두 이 '목욕 후에 먹는 아이스크림'의 연장선에 있을 것 같다.

그런 감정을 희미하고 막연하게 예감하는 요츠하. 보다 솔직한 표현으로 하자면 '아아, 정말 좋구나아' 정도다.

개인적으로 컵 아이스크림은 천천히 녹여서 먹는 편이 맛있다.

녹아서 액체로 변한 부분과 아직 얼어 있는 부분을 반씩 떠서 입에 넣는 것이 좋다. 얼어붙은 그대로 먹으면 맛을 알 수가 없다. 그러니 서두르면 안 된다.

계속 먹다 보면 역시 입안이 차가워진다. 그러면 맛을 알 수 없게 되니까 미지근한 차를 마셔 다시 입안을 데우는 편이 좋다.

이것은 지금까지 요츠하가 아이스크림을 먹으며 경험을 통해 쌓은 지식이었다.

그렇게 우물우물, 느긋하게 요츠하가 아이스크림을 음미하고 있을 때 뒤쪽 욕실 복도로 이어지는 문이 열리는 소리가 나더니,

"앗!"

외침이 들려왔다. 요츠하는 반사적으로 등을 움츠렸다. 파자마 차림으로 머리에 수건을 두른 미츠하가 등 뒤에서 요츠하의 어깨에 두 손을 대고 몸을 앞으로 기울였다. 그리고 요츠하의 몸 너머 식탁 위에 놓여 있는 물건에 거의 얼굴을 처박을 기세로 말했다.

"내 아이스크림!"

"어?" 요츠하가 고개를 돌렸다.

"왜 네가 먹어."

"어, 하지만, 먹어도 된다면서."

"우와아, 살 기력이 사라졌어."

미츠하가 그 자리에 주저앉았다.

그거 참 싼 연료로 불타는 생명력이네.

요츠하는 그렇게 생각하면서도 아슬아슬하게 그 생각을 입 밖에 내지 않는 분별력을 발동시켰다.

미츠하는 한동안 바닥에 주저앉아 있다가 겨우 의자 등받이에 손을 대고 자기 힘으로 일어섰다. 수건이 풀리면서 검고 긴 해초 같은 머리카락이 천천히 흘러내렸다.

"…요츠하."

"어, 미안해."

"저주하겠어."

"무서워!"

신사 관계자가 저주 같은 말을 간단히 내뱉으면 안 되지 않을까.

살 기력을 잃은 미츠하는 비틀거리며 방으로 돌아가 그대로 잠들어버렸다. 덕분에 요츠하는 더 이상 추궁당하지 않을 수 있었다.

그 정도로 끝나서 다행이었다. 미츠하의 분노는 뒤끝이 없다. 그날 아이스크림 건도 자고 일어난 다음 날에는 열이 내릴 때처럼 깨끗하게 사라졌다. 그건 예전부터 그랬다.

예외는 '아버지'에 대한 감정뿐이었다. 미츠하는 아버지에 관해서는 끈질기고 생생한 분노를 품고 있었다. 그녀는 아버지에 대해서만은 믿어지지 않을 정도로 뒤끝이 길었다.

왜일까. 요츠하는 이상하게 생각했다.

서로 미안하다고 사과하고 악수를 하면 될 텐데 말이다.

실제로 그 생각을 언니에게 밝힌 적도 있었다.

"어른의 문제거든."

미츠하는 이렇게 대꾸했고 요츠하는 아무 말도 할 수 없었다. 완고하다는 생각이 들었다.

요츠하는 꽤 머리가 좋고 눈치도 빨랐지만 아직 초등학생의 세계관에서 벗어나지 못한 상태. 인간관계가 이어폰 코드처럼 술술 풀리지 않는다는 사실을 모른다. 그런 의미에서는 미츠하의 말대로 그것은 어른의 문제일지도 모르겠다.

어쨌든 여동생에게 분노의 뒤끝을 보이지 않는 언니의 성격은 고마울 수밖에 없었다.

요츠하는 언니가 복수를 하기 위해서 예를 들어 자기 간식을 빼

앗아 먹는 등의 짓을 할 사람이 아님을 알고 있었다.

그런 점은 굳게 믿고 있고,

'언니는 언니구나.'

라고 생각한다.

그렇게 생각하면 포근한 마음이 든다.

하지만 늦잠을 잔 끝에 아침 식사 당번도 빼먹고 졸린 표정으로 나타나는 것으로도 모자라 전날 일을 싹 까먹은 언니를 보면 순식간에 그런 마음도 증발해버린다.

3

봄 햇살이 얇은 흰색 커튼 너머로 스며드는 3교시 수업 중에 요츠하는 샤프펜슬 심을 부러뜨렸다. 심을 너무 길게 밖으로 뺀 탓이었다.

아무리 눌러도 심이 나오지 않아서 필통에서 샤프심 통을 꺼냈다. 통에서 심을 하나만 빼서 샤프의 가는 구멍 안으로 넣으려고 했는데,

'어라.'

제대로 넣지 못해서 심이 노트 사이에 떨어져버렸다.

심을 주워 다시 넣으려 했지만 이번에는 그만 그 심을 부러뜨려버렸다.

'으.'

요츠하는 그 뒤에도 심을 떨어뜨리고 부러뜨리기를 반복했다. 덕

분에 무척 짜증이 났다. 하지만 문득 어떤 생각이 떠오르는 바람에 웃고 말았다.

'혹시 이게 언니의 저주 아니야?'

언니가 진심으로 저주해봤자 이 정도가 최선이었으리라. 요츠하는 언니가 '요츠하의 샤프심이여, 부러져라'라고 기도하는 모습을 상상했다. 귀엽다. 살짝.

어쨌든 이런 쉬운 일에 몇 번이고 실패하기는 처음이었다.

'언니가 좀 이상해지는 바람에 내 컨디션도 나빠져서 이상한 상태가 되었나 봐, 분명히.'

확실한 자각증상은 없지만, 언니가 이상하다는 생각에 자신도 스트레스를 받고 있을지 모른다. 스트레스나 압박감을 받으면 일상의 능력이 떨어지는 경우가 있다고 NHK 건강 프로그램에 나온 사람이 말했었다.

아, 왠지 알 것 같다고 요츠하는 텔레비전을 보며 생각했었다.

작년에 같은 반이었던 카노라는 친구가 있었다. 2학년 때 담임 선생님과 잘 맞지 않아서 매일 교실에 들어오는 것조차 힘들었던 카노는 '내일 학교에 가지고 오세요'라는 물건을 전혀 기억하지 못했다. 새 학년이 되고 담임 선생님이 바뀌고 나자 그런 증상은 씻은 듯이 사라져버렸고 말이다.

실제로 그런 예시를 보았기 때문일까, 요츠하는 생활 속에서 압박감을 느끼면 평범한 일도 제대로 해내지 못하게 된다는 사실을 이미 알고 있었다.

그 순간 반짝 하고 중요한 생각이 떠오르는 바람에 요츠하는 새로 꺼낸 샤프심을 노트 사이에 줄줄 흘리고 말았다.

언니가 가끔 이상한 말을 내뱉는 것도 그런 이유에서였을까.

'언니가 스트레스 때문에 이상해졌는지도!'

분명히 그럴 것이다.

그러고 보니 이런저런 소문이나 아주머니들의 수다 사이에서 얻어 들은 이야기이기는 하지만 장녀나 장남 같은 사람들은 동생들이 모르는 큰 짐을 짊어지고 있다고 한다.

'난 언니에게 여러모로 책임을 맡기고 지나치게 편하게 살았을지도.'

반사적으로 자책감과도 비슷한 감정이 솟아올랐다.

'맞아. 언니도 신사를 이어받을 일 같은 걸 생각해야 할 테지. 결혼도 해야 하고. 어쩌면 벌써 선 이야기가 나오는지도 몰라. 그래. 얼마 전에 집을 나가서 도쿄로 가고 싶다는 소리도 했지.'

그렇다.

요츠하는 확신했다.

학교를 마치고 집에 돌아오니 언니는 없었다. 할머니에게 물어보니, "아까 돌아와서 옷을 갈아입더니 신궁 쪽으로 갔단다"라는 대답을 들었다.

미야미즈가의 가업은 신사 운영이었다. 이 신사는 아주 오랜 옛날부터 이 이토모리에 자리 잡고 있었고 처음부터 미야미즈 일족이 관리했다. 현대의 법률 체계 하에서는 미야미즈 신사는 종교 법인이며 신사의 토지와 건물은 법인 소유로 되어 있는 상태지만 요츠하는 그런 자세한 사정은 모른다. 요츠하의 인식에 따르면 이곳은

'우리 신사'였다.

돌계단을 올라가서 '우리 신사'에 도착해보니 사복을 입은 언니가 빗자루를 들고 경내를 청소하는 모습이 보였다.

달려오는 발소리를 들은 언니―미츠하가 몸을 돌렸을 때 요츠하는 미츠하의 허리께로 달려들던 참이었다. 끌어안을 생각이었겠지만 너무 세게 밀어붙여서 거의 태클이 되어버렸다.

"언니!"

요츠하는 숨을 몰아쉬며 외쳤다.

"언니는 자유롭게 살아도 돼! 내가 데릴사위를 들여서 집안을 이어받을게! 괜찮아, 나랑 결혼하고 싶어하는 남자애들은 많아!"

미츠하는 빗자루를 든 채 잠시 어쩔 줄 몰라 했지만 곧 요츠하의 뒤통수를 손으로 붙잡아 자기에게서 떼어냈다.

"갑자기 무슨 소리야."

"어, 아니었어?"

"뭐가?"

"아니구나….“

"무슨 말을 하는지 모르겠지만, 나는 너하고 상관없이 하고 싶은 대로 할 거야. 요츠하도 데릴사위 같은 말을 할 필요 없이 네 마음대로 하면 돼."

"어, 마음대로 해도 돼?"

제멋대로 굴지 말라는 것은 초등학교에서 가르치는 기본적인 행동 지침이다. 딱 잘라서 '나는 내 마음대로 하겠다'고 단언하는 일은 초등학생인 요츠하에게는 꽤나 용기가 필요했다.

"되고 안 되고의 문제가 아니라, 중요한 것은 '한다'야."

"하는 거구나."

"그래…. 하지만 정말로 그럴 수 있는지는 모르겠어. 정작 그래야 할 때 그럴 수 없을지도 모르고…."

미츠하는 시선을 들어 경내를 둘러싼 침엽수를 바라보았다. 평범하고 익숙한 그 나무들을 둘러본 뒤에 그녀는 여동생을 다시 바라보았다.

"그런데 뭐? 너하고 결혼하고 싶어하는 남자애들이 있다고?"

"많지."

"많다고?"

"당연하잖아, 왜?"

미츠하는 그때 빗자루 끝부분을 바닥에 대고 창처럼 쥐고 있는 상태였는데.

그 손을 갑자기 놓아버렸다.

빗자루가 쓰러지면서 요츠하의 이마에 부딪쳤다.

"아야얏! 무슨 짓이야!"

"심술부리는 거야."

그 뒤로도 요츠하는 비슷한 생각을 떠올리면 미츠하에게 달려오기를 반복했다.

미용실에서 차례를 기다리다가 너무 심심해서 어쩔 수 없이 놓여 있던 여성지를 읽고 있을 때 문득 계시처럼 답이 떠올랐던 적도 있다.

'그렇구나! 패션이 갑자기 변한 이유는 애인이 생겨서야. 그 사람의 취향에 맞추기 위해서임에 분명해.'

'만드는 음식이 갑자기 개성 강한 양식으로 변한 이유도 애인 입맛 때문일 거야. 틀림없어.'

'그러고 보니 얼마 전에 복도를 성큼성큼 걸어가면서 '그 녀석은 하여간!' 하고 투덜거렸지!'

급히 집으로 돌아와서 부엌에서 가다랑어포로 국물을 내고 있던 미츠하에게 대놓고 물었다.

"언니! 대체 누구야? 어디 사는 사람이야? 어떤 사람인데? 키가 커? 말랐어? 뚱뚱해? 잘생겼어? 설마 못생긴 거야?!"

"왜 그래, 너. 맹견처럼."

미츠하의 표현은 '엄청난 기세로 물고 늘어지는구나'라는 의미이리라.

"애인이 생겼잖아?" 요츠하가 추궁했다.

"안 생겼어."

"안 생겼다고?!"

"아, 아니야. 안 생긴 게 아니라 안 만드는 거야."

"정말로 애인이 생기지 않았어?"

"아니야, 아니라고."

"애인이 텟시여서 부끄러운 나머지 남들에게는 말 못하는 건 아니겠지."

"농담하지 마."

"언니는 얼굴을 밝히니까 그럴 리는 없으려나."

늘 한마디가 많은 요츠하다.

어딘가 석연치 않은 기분을 품은 채 부엌에서 쫓겨난 요츠하는 정원으로 향했다. 나무가 말라 보여서 호스를 끌어다가 물을 뿌렸다.

'언니가 오늘은 국물을 내고 있었지….'

된장국에만 쓰기에는 남아도는 양이었으니까 아마도 조림에도 쓸 것이다.

즉 오늘 반찬은 일본식이라는 뜻이다.

언니는 원래 일본식 요리 외에는 만들 줄 모르는 사람이었기 때문에 오늘은 평범한 식사가 되리라는 의미이기도 했다.

하지만 가끔 그녀는 사람이 변하기라도 한 것처럼 맹렬하게 손이 가는 양식 요리를 만들곤 했다.

얼마 전에도 파에야와 작은 새우와 오크라를 굳힌 젤리, 그리고 콜리플라워와 브로콜리, 올리브를 데친 요리를 내놓았다. 요츠하는 감탄하기에 앞서 불안했다. 진짜일까. 참고로 모든 요리는 집에서 먹어도 문제가 없을 정도로 간이 약하게 되어 있어서 무척 맛이 있었다. 파에야의 경우 냄비 바닥에 들러붙어 생긴 누룽지가 정말 맛있었고 말이다. 처음 봤을 때에는 놀랐지만 먹어보니 완전히 만족스러웠다고 할 수 있다.

'이상하네. 그렇게 요리 취향이 변했기에 애인이 생긴 줄 알았는데?'

역시 이해가 가지 않는다.

개운해지지 않는 기분을 안은 채 호스를 양옆으로 휘둘러 물줄기를 뱀처럼 휘게 만드는 사이에 생각이 새로운 방향으로 나아갔다.

'남자 때문에 요리 취향이 바뀌었다면 남자의 집에 요리를 하러 가기도 한다는 뜻이잖아!'

그러면 상황이 한층 진보한다.

남자의 집에 요리를 하러 간다는 말은 상대가 동갑내기가 아니라는 의미다. 보통 집에 살면 밥은 어머니가 차려준다. 적어도 요츠하는 언니 주변에서, 집에 밥을 할 사람이 없어서 곤란해하는 동급생 남학생이 있다는 이야기를 들어본 적이 없었다.

그러면 자취하는 대학생일까. 그러나 이 주변에는 대학이 없어서 대학생은 한 명도 살지 않는다. 이토모리 마을은 너무 촌구석이라서 어느 대학을 다니건 집에서 통학할 수는 없다. 당연히 자취하는 대학생이 살 턱이 없다. 이토모리의 젊은이들은 고등학교 이상의 교육 기관에 진학하려면 싫어도 마을을 떠나야 했다.

그러면 직장인이라는 의미다.

'아저씨라고?!'

요츠하는 소리를 죽이고 입술 모양만으로 "으웩" 하고 말했다.

초등학생 입장에서는 직업을 가진 남자 어른이 여고생과 교제하는 일은 상상조차 할 수 없었다. 만화 속에서나 등장할 법한 이야기다. 실제로 일어난다면 소름이 돋을 일이 아닌가. 언니는 나쁜 사람에게 속고 있을까.

'가족과 떨어져 발령받은 사람일까.'

요츠하는 얼굴을 찌푸린 채 생각에 잠겼다. 드라마 속의 세계에서 그런 남자에게 세트로 따라붙는 것은 물론 불륜이다. 그것은 다코야키에 파래가루, 슈마이에 완두콩, 그리고 푸딩에 캐러멜 소스가 함께하는 것과 비슷하다고 할 수 있다.

요츠하는 불륜이 무엇인지 정확하게 파악하지 못했지만 대충 이미지로는 알고 있었다. 어쨌든 좋지 않은 것이다.

'아!'

요츠하의 모든 의문이 해소되었다.

'그래서 숨기는구나.'

이때 요츠하는 이것이 '만일 언니에게 남자친구가 있다면 그럴지도 모른다'는 가정 하의 이야기라는 사실을 완전히 망각해버렸다.

수도를 잠그고 호스를 내던진 후에 무릎으로 툇마루에 기어 올라간 요츠하는 다시 부엌으로 뛰어들었다.

"언니! 안 돼, 그건!"

"뭐?"

뭔가를 썰고 있던 미츠하가 돌아보았다.

요츠하는 걸음을 멈췄다.

숨도 멈췄다.

부엌 창문에서 빛이 스며들어 역광을 이루고 있었다.

희끄무레한 빛 속에서.

돌아보는 언니의 모습이 순간적으로 엄마처럼 보였다.

요츠하의 엄마는 요츠하가 아주 어릴 때 돌아가셨다. 당연히 모습은 제대로 기억나지 않고 어떤 분이었는지도 모른다. 엄마의 얼굴에 대한 기억은 사진으로 본 것이 전부였다.

하지만.

부엌으로 뛰어들었을 때 엄마가 무슨 일이니 하고 몸을 돌리는
….

그런 일이 있었던 것 같은 기분이 든다.

있었다고 생각한다.

요츠하의 마음속에서 무엇인가가 이어졌다.

실 같은 무엇인가가 멀리서 날아와서, 그 끝 부분이 보이지 않는
세계로 이어지는 듯한 기분이 들었다.

"왜 그러니, 요츠하."

부르는 소리가 들렸는데도 정신을 차릴 수가 없었다. 엄마도 분
명히 그렇게 말했을 거라는 생각이 들었다.

"안 되다니 뭐가?"

질문을 들으며 요츠하는 서서히 현실로 되돌아왔다.

눈앞에 서 있는 사람은 언니였고….

들려오는 목소리도 언니의 목소리였다.

"무슨 일이야?"

그 말투는 미야미즈 미츠하의 말투였다. 요츠하는 몇 번 눈을 깜
박인 후에 대답했다.

"아, 응, 아무것도 아니… 지만."

"아, 그래. 아무것도 아니구나."

"응."

"한가해 보이니까 감자나 좀 깎아봐. 자, 여기."

미츠하는 그릇 가득 든 감자와 작은 도마, 칼을 빠르게 식탁 위에

내려놓았다.

"뭐? 제일 귀찮은 일이잖아."

"그래. 도와주기도 하고, 착하구나, 후후훗."

지뢰를 밟았다.

하지만 순간적으로 엄마로 보인 언니와 함께 부엌에서 일한다는 것은 그리 나쁜 기분은 아니었다.

4

그런 일이 있고 나서 의욕을 잃었던 요츠하는 이후에도 두 번 정도 잠에서 깨어나 기쁜 표정으로 자기 가슴을 주무르는 미츠하를 목격하게 되어서 또다시 고민에 빠졌다.

'아니, 뭐하는 짓이야.'

탁자에 턱을 괴고 방석 위에 주저앉은 자세로 요츠하는 생각했다. 저녁 시간 전의 텔레비전에서는 역사극 재방송이 방영 중이었고 마침 봉행(주10)이 사건을 해결하기 위해 등장하려는 참이었다.

언니는 자기 가슴이 정말 좋은가 봐.

…이렇게 넘어가도 되는 일인가? 그게.

역사극이 끝나고 세제 광고가 시작되었기 때문에 요츠하는 리모컨을 들어 지방 방송국의 와이드쇼를 찾아 채널을 돌렸다. 텔레비전 쪽으로 시선을 향하고는 있지만 프로그램에는 거의 신경을 쓰지 않는 상태였다.

너무 오래 턱을 괴고 있었기에 턱이 아프기 시작했다. 요츠하는

주10) 봉행: 헤이안 시대부터 에도 시대에 걸쳐 행정, 재판, 사무 등을 담당한 무사의 직명.

자세를 바꾸고 손가락으로 뺨을 주물럭거렸다. 스스로도 꽤 부드럽다고 생각하는 뺨을 이리저리 잡아당겨 모양을 바꾸어본다. 반사적으로 요츠하는 우와 하고 소리치며 뺨에서 오른손을 뗐다.

'언니의 나쁜 버릇이 옮았어….'

기분이 나쁜 나머지 섬뜩해져서 손가락으로 탁자를 탁탁 두드렸다.

미야미즈 미츠하라는 이름을 지닌 그녀의 언니에게는 신비로운 인력이 존재한다. 그래서 가까이 있으면 영향을 받거나 휘말려드는 느낌을 받곤 했다. 잘 표현하기가 어렵지만 분명히 그런 기분이다.

'나도 매일 아침 가슴을 주무르게 될지도.'

그건 무섭다.

하여간 곤란한 사람이다.

왜 가슴을 주무를까?

타당한 이유가 있기는 할까?

텔레비전에서는 사람들이 '여장 남자 탤런트'라고 부르는, 남자인지 여자인지 잘 모를 사람들이 유달리 시끌벅적한 투로 맛집 소개를 하고 있었다. 요츠하는 그 프로그램을 멍하니 보면서 분명하게 형태를 잡을 수 없는 생각을 머릿속으로 굴렸다.

그러는 사이에 묘하게 관계가 있는 듯하면서도 없는 것 같은 어떤 일이 의식 위로 쑥 솟아올랐다.

가슴을 주무르면 커진다.

그런 속설에 관해 들어본 적이 있었다.

여러 번 들었지만 사실일까.

아무래도 이해가 가지 않는 요츠하였다.

가슴을 너무 주무르면 가슴이 충격을 받아서 오히려 사라지지 않을까.

요츠하가 어린 시절부터 마구 가지고 놀고 매일 밤 끌어안고 잠들었던 인형은 완전히 납작해져서 안에 든 내용물이 줄어든 것처럼 변했다.

베개도 계속 쓰면 납작해진다.

즉 주무르거나 누르기를 계속하면 가슴도 작아질 것이 분명했다. 논리적으로 보자면 그런 결론이 내려진다. 주무르면 가슴이 커진다는 설은 도저히 받아들일 수가 없다고. 맞아, 맞아. 요츠하는 스스로 주장하고 스스로 동조했다.

실제로는 어떨까.

알 수 없다.

직접 확인할 수 있으면 좋겠지만 아쉽게도 그 실험이 가능해지려면 앞으로 세월이 좀 더 흘러야 할 것 같다.

게다가 솔직히 가급적이면 자기 몸에 그런 실험을 해보고 싶지는 않다.

그러면.

언니는 가슴을 크게 만들고 싶은 것일까, 작게 만들고 싶은 것일까.

아니면 자기 몸을 이용해 실험 중인 것일까.

역시나 요츠하는 이 생각이 가정을 기반으로 하고 있음을 잊고 말았다.

그 뒤로 며칠이 흐른 어느 날. 요츠하가 할머니와 함께 미야미즈 신사의 배전(주11) 난간을 닦고 있을 때, 집으로 돌아가던 나토리 사야카가 경쾌한 걸음걸이로 돌계단을 올라왔다. 요츠하는 걸레를 집어던지고 경내로 뛰어 내려갔다.

　"사야, 웬일이야?"

　"응, 기도를 하러 왔어."

　"사야도 신에게 소원을 빌어?"

　"그야 고민이 많을 나이인걸. 빌 일이 있고말고."

　사야카는 왜인지 거만하게 가슴을 내밀었다.

　그렇구나, 이 사람에게 물으면 되겠다.

　요츠하는 이렇게 생각했지만 어떻게 말을 꺼내야 좋을지 몰라 망설였다.

　"사야, 있잖아."

　요츠하가 말을 흐렸다.

　"왜? 무슨 일이야."

　"저기, 진지하게 들어주면 좋겠는데요."

　"갑자기 왜 존댓말을 쓰고 그래."

　"있잖아, 가슴은 주무르면 커져? 아니면 작아져?"

　"어."

　사야카는 이상한 신음 소리를 내더니 말을 멈췄다.

　한참 뒤에 그녀가 입을 열기는 했지만,

　"아아, 사야는 그런 부분에 관해서는 잘 모르겠는데."

주11) 배전: 신사에서 배례를 위해 본전 앞에 지은 건물.

웃음을 참는 기색이 역력했다.

"사야도 몰라?"

"주무르면 커진다는 이야기는 여기저기서 듣긴 해."

"커져?"

"아니, 그러니까 그건 잘 모르겠지만."

사야카는 이렇게 말한 후에 으음 하고 귀엽게 신음하더니,

"하지만 닭가슴살을 먹으면 커진다는 설도 있어."

"오오."

"양배추도 커지는 데 좋대."

"흐음."

"팔굽혀펴기도 효과가 있다던데."

"정말로?"

"그런 이야기를 두루두루 듣지만 사야는 하나도 해본 적이 없습
니다. 정말이에요."

"어째서?"

"왠지 수상쩍은 느낌이 들어서. 그리고 인간의 진짜 가치는 크기
와 상관없어. 아니, 나는 그 부분에 진정한 가치는 없다고 믿고 싶
어."

그건 그렇다. 요츠하도 나중에 가슴이 커지려나 같은 걱정을 해
본 적은 없었다. 그런 건 전혀 아무래도 상관없다고까지는 말하기
그렇지만, 비교적 아무래도 상관없다.

게다가 교실에서 기쁜 표정으로 가슴, 가슴 하고 떠드는 남자들
을 보면 경멸하고픈 마음이 솟아오른다. 그렇기에 그런 일을 문제

삼고 싶지 않다는 기분은 초등학생인 요츠하도 이해할 수 있었다.

거기에는 정말로 가치가 없어 하고 다정하게 언니에게 말하면 될까?

다음 날에는 요츠하가 저녁 식사 당번을 맡았다.

평소에는 할머니와 미츠하가 교대로 밥을 짓지만 두 사람이 바쁠 때에는 요츠하가 일을 맡는다. 미야미즈가의 냉장고에는 늘 기본 반찬이 들어 있기 때문에 요리를 많이 할 필요는 없었다.

간단한 요리라면 요츠하도 할 수 있다. 구체적으로는 굽는 요리는 가능하고 삶기만 하는 요리도 가능하지만 아직 조림은 어렵다. 튀김은 하지 말라고 금지당했다. 할 수 있는 조리법만으로도 한 끼 식사에는 충분한 요리를 만들 수 있다.

일단 불로 데운 후에 간만 맞추면 되겠지… 라는 것이 요츠하의 생각이었다. 요리의 기본으로서는 옳기도 하다. 생선을 적당히 구워서 소금을 치면 어디 내놓아도 부끄럽지 않을 생선구이 요리가 된다. 그 외에도 예를 들어 고등어를 프라이팬에 구워서 소금을 살짝 치고 파는 된장 소스를 바르면 된장 소스 구이로도 변신한다. 이런 식으로 하면 매일 다양한 메뉴가 자연스럽게 생겨난다.

그런 기본적인 방식은 언니 미츠하에게서 배웠다. 언니는 누구에게서 배웠을까.

'음, 닭고기와 양배추가 있네?'

닭다리 살은 농협 마트에서 세일을 할 때 잔뜩 사서 냉동해둔 상태고 양배추는 근처에 사는 마을 사람들이 늘 가져다주기 때문에 사본 적이 거의 없었다.

　요츠하는 닭다리 살을 전자레인지로 해동해서 먹기 좋은 크기로 썰었다. 양배추는 대충 손으로 뜯었다. 프라이팬에 국물을 내기 위한 미역을 깔고 닭고기를 그 위에 올린 후에 적당히 소금을 뿌리고 주변에 양배추를 둘렀다. 원래는 뜨거운 물을 약간 부은 후에 뚜껑을 닫고 가스레인지 중불로 익히면 끝이다. 하지만 마침 육수가 따로 있었기 때문에 뜨거운 물을 붓는 대신 양파와 육수를 넣었다. 그렇게 닭고기와 양배추를 쪘다. 요츠하가 혼자 고안한 요리가 아니라 언니가 생연어를 써서 이렇게 생선찜을 만드는 것을 보고 응용한 것이었다. 텔레비전 요리 프로그램에서도 비슷한 요리를 만드는 걸 본 것 같기도 하다.

　맛내기에는 시판 조미료를 사용했다. 매콤한 마요네즈를 곁들일까 했는데 냉장고 안에 폰즈와 참깨 페이스트 병이 있었기에 "아아, 이걸로 하자, 이걸로" 하고 중얼거리며 소스를 변경했다.

　밥과 된장국(두부를 넣었다). 그리고 냉장고에서 꺼낸 기본 반찬인 연근 조림과 셀러리 무침. 토마토 조림(순무와 가지, 오이 포함).

　거실의 큰 탁자 위에 반찬을 늘어놓자 특별한 말 없이 평범하게 가족 식사가 시작되었다. 언니는 "(요츠하치고는) 꽤 잘했네" 정도의 말을 했을 뿐 칭찬도, 격려도 하지 않았다. 언니의 반응을 보기 위해 만들었기 때문에 요츠하는 김이 빠졌다.

　그래서 머뭇거리며 더 물어보기로 했다.

　"으음, 기쁘, 신가요?"

　"신가요라니, 왜 그래? 갑자기."

"몸에, 좋다더라, 고요."

"그래?"

언니는 별로 기뻐하는 기색 없이 밥을 와구와구 먹었다. 이 사람은 아무리 먹어도 살찌지 않는 체질의 소유자다.

가슴을 키울 생각은 없어 보였고, 작게 만들 생각이라면 밥 양을 좀 줄이는 편이 나아 보이는데.

아닌가….

그러면 왜지?

여전히 알 수 없었다.

애매한 상태는 기분이 나쁘기 때문에 요츠하는 직구를 던지기로 했다.

"언니는 왜 가슴을 주물러?"

언니가 갑자기 동작을 멈추었다. 이어서 젓가락을 든 채 스윽 하고 다가앉았다.

"무슨 말인지 설명해봐."

딱딱한 명령조도 그렇지만 젓가락을 쥐고 있어서 무서웠고 무엇보다도 얼굴이 끔찍했다. 언니는 하려고 마음을 먹기만 하면 무시무시한 위압감을 발산할 수 있었다.

꼬치꼬치 질문을 받으면서 요츠하는 목격한 사실을 전부 털어놓았다. 그사이에 할머니는 태연한 표정으로 식사를 계속하고 있었다.

요츠하는 미츠하가 묻는 내용을 솔직하게 털어놓았다. 미츠하는 꼬치꼬치 캐묻기를 마친 후에 재빨리 식사를 마치고 쿵쾅쿵쾅 소리를 내며 복도를 걸어 욕실로 향했다.

왜 화를 낼까.

'자기가 한 짓이잖아.'

자기가 한 일이니 굳이 남에게 전말을 물을 필요는 없을 테지만 언니의 어투로 미루어 보아 아무래도 분명하게 기억하지 못하는 모양이었다.

원래 멍한 데가 있는 언니였지만 드디어 기억력까지 문제가 생긴 건가.

"할머니, 어떻게 생각해?"

언니가 자리에서 일어서기 무섭게 요츠하는 할머니에게 물었다. 할머니는 느긋하게 저녁 식사를 마친 후에 포트의 뜨거운 물을 따라 마시려던 참이었다.

"글쎄다."

그리고 긴 침묵의 시간이 시작되었다. 텔레비전에서는 동물 버라이어티 프로그램에서 인터넷상에서 인기 높은 귀여운 고양이 특집 편을 방송하고 있었다. 친칠라일까. 살짝 줄무늬가 들어간 폭신폭신 통통한 고양이가 창가의 블라인드를 가지고 놀다가 몸이 감겨 꼼짝 못하고 있었다. 여자 사회자가 귀엽네요 하고 누구라도 반드시 생각할 법한 말을 내뱉었다. 다른 고양이가 화면에 나왔다. 졸린 눈을 지닌 거대한 메인쿤이 입을 벌리고 하품을 하는 찰나 할머니가 입을 열었다.

"꿈이라도 꾼 게 아닐까."

고양이는 폭신폭신하고 할머니의 견해는 낙관적이었다.

"꿈을 꾸다니 무슨 소리야? 잠꼬대를 하고 있다고?"

"잠꼬대가 아니라 꿈을 보고 있는 거란다."

대화가 말꼬리를 잡듯이 빙글 돌아 제자리로 돌아왔다.

"신을 '무스비'라고 부르지."

뜬구름을 잡는 듯한 문답에 요츠하는 초조해졌지만 할머니는 개의치 않고 자기 페이스에 맞춰 새로운 이야기를 시작했다.

"무스비라는 말은 잇다, 맺다라는 뜻을 가졌단다."

"할머니, 그럼 주먹밥이 신이야?"(주12)

"주먹밥은 신이 아니란다."

"으, 모르겠어요."

할머니는 천천히 말을 이었다.

"요츠하, 주먹밥은 뭘로 만들지?"

"주먹밥이니까 밥이지. 그러니까 쌀."

"쌀은 누가 만들까?"

"사야네 할아버지가. 그리고 농민들이."

"내가 주먹밥을 만들고 네가 그걸 먹지. 나와 너는 주먹밥을 통해 묶인 거란다. 주먹밥은 쌀로 만들지. 쌀을 재배한 사람과 나와 너는 그렇게 이어지고. 쌀은 땅과 물, 해님이 주었단다. 그렇게 나와 너, 그리고 쌀을 재배한 사람과 땅과 물, 그리고 태양은 한데 묶이지. 주먹밥이 신이 아니라, 그렇게 묶이는 '무스비'가 신인 셈이야."

"잠깐만, 잠깐만."

정말로 의미를 알 수 없게 되었다.

주12) 일본어로 주먹밥은 '무스비(結び)'라고도 한다.

손녀가 혼란스러워하는 모습을 본 할머니는 표현을 바꾸었다.

"신이란 말이다, 관계를 의미한단다. 말은 사람과 사람을 엮지. 말 자체는 신이 아니지만 말에 의해 엮이는 마음 자체는 신이 되는 거야. 주먹밥은 신이 아니지만 쌀을 만든 땅과 물, 그리고 쌀을 기르고 수확한 사람과 쌀로 밥을 지어 주먹밥으로 만든 사람, 그리고 그 주먹밥을 받아서 먹은 사람을 모두 이어주지. 주먹밥으로 이어지는 그런 관계가 신이라는 뜻이지."

"으음, 그러면 꿈을 꾼다는 건 무슨 말이야?"

"그러니까, 꿈이란 말이다, 평소와 다르게 어디인지 모르는 장소에서 상식을 벗어난 연을 맺는 일이란다. 그것도 '무스비'라고 부를 수 있는 게지."

"어, 그러면 깬 상태에서 꿈을 꾸는 언니는 신이야?"

"나는 신을 손녀로 둔 기억이 없단다. 꿈은 신 그 자체는 아니지만, 꿈을 꾼다는 일은 신이라는 뜻이지."

"으으."

요츠하는 신음하더니 체조를 할 때처럼 몸을 옆으로 기울였다.

모르겠다는 마음을 신체의 언어로 표현하는 것이다.

"좀 어려웠구나. 어쨌든 신을 소중히 여기려무나."

완전히 논점을 흐리고 말았다.

할머니와 이야기하는 사이에 요츠하는 거울 미궁에 들어선 기분을 느꼈다.

언니가 꿈을 꾸는지, 아니면 언니가 이상하다는 꿈을 요츠하 자신이 꾸는지 알 수 없게 되어버렸다. 정보가 흘러넘쳐 사고에 부하

가 걸리는 바람에 요츠하는 할머니가 해준 이야기의 대부분을 잊고
말았다.

5

일요일에 미야미즈 요츠하는 아침 일찍 신사 배전으로 향했다.
미야미즈 신사에서는 아침과 저녁에 공양을 드린다. 보통 할머니가
행하는 일이지만 할머니가 손님을 맞는 사이에는 미츠하나 요츠하
가 대신 하게 되어 있었다.

요츠하는 신찬(神饌)이 든 옻칠 용기를 두 손으로 받쳐 들고 배전
제단 앞에 서서 차례로 용기를 내려놓았다. 오늘 바치는 음식은 쌀
과 술, 그리고 소금과 물에 미역과 계란. 그리고 마을 사람에게서
받은 작은 수박과 고구마, 배였다. 모든 물건은 신전에 바치고 거둔
후에 미야미즈가에서 사용한다. 일본 전통 종교인 신도에서는 신에
게 공양한 물건을 인간이 먹어 뱃속에 두는 일을 매우 중요하게 여
기고 있다.

요츠하는 신전에 서서 자세를 바로 했다. 그러기만 해도 분위기
가 변하는 것 같다.

두 번 고개를 숙인다.

숨을 한 번 내뱉은 후에 요츠하는 낭랑한 목소리로 말했다.

"말하기조차 황송하오나 미야미즈 신사 대전에서 거듭 송구함을
무릅쓰고 아뢰나이다. 대신의 넓고 깊은 온정으로 먹을 것과 입을
것, 그리고 살 곳을 시작으로 일상의 모든 필요한 것을 누리고 있사

오니, 하는 일마다 이루어지게 하시고 친족과 가족이 모두 화목하게 늘 별 탈 없이 살도록 널리 둘러보시고 지켜주시어 세상을 떠날 때에도 영혼이 영원히 은혜를 누리어 저세상에서 신이 되고 후손을 두루두루 지키도록 도와주시며 현세에도 내세에도 즐거움과 기쁨이 변함없이 넘쳐흐르는 복된 삶을 기쁘게 바라오니, 마음이 평온할 수 있도록 베풀어주시기를 바라옵니다. 행귀와 기귀, 지켜주소서, 이끌어주소서. 행귀, 기귀, 지켜주소서, 이끌어주소서. 행귀, 기귀, 지켜주소서, 이끌어주소서….”

미야미즈 신사에서는 일반적으로 ‘축문’이라 불리는 것을 ‘신위’라고 칭한다. 이것은 지극히 초보적인 신위로 할머니는 더 특별하고 긴 신위를 읊는다.

요츠하는 ‘우선 이걸 외워두어라’라는 지시를 듣고 구구단과 함께 통째로 암기했을 뿐, 제대로 된 의미는 모른다.

그냥 느낌으로 대충 이해한 바에 의하면 이 신위는 아래와 같은 뜻이 아닐까.

‘신이여, 오늘도 다들 평화롭고 풍족하게 살 수 있었던 것은 신 덕분입니다. 감사합니다. 나중에 제가 죽으면 신으로 삼아주십시오. 그러면 나도 후손을 열심히 지킬게요. 저세상에서도, 이 세상에서도 다들 행복하면 좋잖아요. 그러니 잘 부탁해요. 안녕.’

두 번 고개를 숙여 절하고 박수도 두 번 친다.

요츠하는 몸을 깊이 숙여 멋지게 절을 했다. 직업이 아닌 사람은 쉽게 할 수 없는 당당한 자세였다. 고개를 들고 직립부동 자세로 몇 초 정도 기다린 후에 그녀는 단숨에 온몸의 힘을 빼고 허리에 손을 올린 후 후우 하고 한숨을 내쉬었다.

'일 하나를 끝냈네.'

배전의 공기는 얼어붙은 것처럼 가라앉아 있었다.

주변을 돌아보니 완벽하게 청소가 된 상태가 눈에 들어왔다. 어디든 반짝거린다.

신전에 바친 공양물 중에서 채소와 과일만이 알록달록해서 묘하게 그 부분만 눈에 띈다.

공양물 안쪽에는 삼방(각진 흰색 단)이 두 단 설치되어 있다. 각각의 삼방에는 되가 놓여 있다. 그리고 되 위에는 종이가 덮여 있고 끈으로 봉인된 상태다.

어제 풍양제를 올릴 때 미츠하와 요츠하가 쌀을 씹어서 만든 구치카미사케가 들어 있다.

이 구치카미사케는 가을 축제 때에 산속의 신체(神體) 앞으로 옮겨질 예정이었다.

미야미즈 신사는 경내에 신체를 모실 본전이 없었다. 신사가 등지고 있는 용신(龍神)산의 정상에 오래된 본전이 숨겨져 있었다. 이 산은 전체가 미야미즈 신사의 일부였다.

쌀을 잘 씹어서 뱉은 후에 한동안 두면 술이 된다고 한다. 풍양제에서 요츠하는 쌀을 입에 넣고 씹어서 되에 뱉는 일을 몇 번이나 반복했고 마지막에는 종이와 끈으로 되를 봉인했다. 언니도 같은 일을 했다.

그것이 지금 여기 놓여 있다. 시기적으로 안에 든 물체는 지금 막 술이 되려 할 즈음이다.

하지만 그런 이야기는 아무래도 거북하다고 요츠하는 생각했다.

보다 자세히 설명하자면, 쌀에 침을 섞어서 침의 힘으로 쌀이 달아진다는 것 같다. 그 달아진 쌀이 시간이 경과하면 알코올로 변하는 것이다.

그러면 사과 주스 같은 달콤한 음료를 뚜껑을 열고 내버려두면 술로 변한다는 뜻이 아닌가. 그러나 그런 이야기는 들어본 적이 없다.

게다가 쌀과 침을 섞어서 술을 만들 수 있다면 밥을 먹으면 뱃속에서 술로 변해 취하는 사람도 있지 않겠는가.

'모르겠다니까.'

할머니도, 친척들도, 종가 사람들도 '이런 물체는 술이 되지 못할지도 몰라'라고는 조금도 의심하지 않는 모양새다.

주변 사람들이 자신만만하게 술이 되리라 믿고 있기 때문에,

'그런가?'

의심 없이 받아들일 정도다.

현재 이 방법으로 신주를 만드는 신사는 미야미즈 신사 정도라고 하지만 예전에는 (그러니까 천년 전쯤에는) 일본 각지의 신사에서 구치카미사케를 만들었다고 한다.

그렇게 오랜 세월 동안 전통적으로 만들어왔다니 진짜로 술이 되는 게 아닐까. 그렇지 않으면 긴 역사 속에서 누군가 한 명 정도는 확인해본 후에 '이건 술이 아니잖아!'라고 문제를 제기했을 테니 말이다….

아, 그렇지.

요츠하는 공양한 음식 옆으로 돌아가서 신전에 섰다. 눈앞에 구치카미사케가 놓인 두 대의 삼방이 보였다.

어느 쪽이 요츠하가 만든 구치카미사케고 어느 쪽이 미츠하가 만든 구치카미사케인지는 봉인할 때 사용한 끈 색으로 구별이 가능했다.

자기가 종이를 덮어 끈을 묶은 물건이기에 풀기는 쉬웠고 원래대로 묶어놓는 일도 어렵지 않다. 방 서랍에서 예비 끈을 가지고 와도 된다.

즉 몰래 뚜껑을 열어보고 아무런 흔적도 없이 원래대로 돌려놓을 수 있다….

귀를 기울여 주변 상태를 살핀다.

인기척은 나지 않았다.

요츠하는 끈 매듭에 손가락을 댔다. 작은 손가락이 능숙하게 움직여서 쉽게 매듭을 푼다.

되에 덮은 종이를 벗기자 내용물이 나타났다. 탁한 흰색에 끈적거리는 모습이 한눈에 보기에는 탁주처럼 보였다.

요츠하는 그 액체에 오른손 새끼손가락을 찔렀다.

그리고 새끼손가락을 핥아보았다.

핥은 순간 요츠하는 얼굴의 근육이란 근육을 모두 찌푸렸다.

'맛… 없어.'

단언할 수 있다. 이건 마실 수 있는 음료가 아니다.

시금털털하다고밖에는 적당한 표현이 생각나지 않지만, 이 표현만으로는 충분하지 않다. 혀 측면이 저렸다. 입천장이 끈적거리는 느낌이 든다.

그러나 알코올 맛은 전혀 느껴지지 않았다. 요츠하는 축제 직후에 아저씨들에게 술을 따를 때가 있었기 때문에 술 냄새를 알고 있었다.

즉 이것은 전혀, 혹은 '아직' 술이 되지 않았다.

'으.'

지금 당장 입안을 헹구고 싶었지만 증거 인멸이 우선이었다. 요츠하는 되에 종이를 다시 덮고 신중하게 끈을 원래대로 묶었다.

재빨리 작업을 마친 뒤에 입에 손을 대고 급히 길을 지나 사무소 쪽으로 나갔다.

급탕실 개수대에서 손을 씻고 천천히 입 안을 헹구었다. 구강 청결 사탕을 꺼내 마구 씹었다. 그래도 아직 얼굴은 찡그려진 채 펴지지 않는다.

그날 요츠하는 아침 8시부터는 신악무 연습을 했다. 경내의 왼쪽에 있는 신악전에서 할머니가 요츠하에게 춤을 가르쳤다. 미츠하는 손님이 올 경우를 대비해 사무소에서 대기 중이었다.

축제 때에는 벽 세 면을 떼어내지만 지금은 격자문을 닫아 밖에서는 보이지 않게 만들어둔 상태다.

격자문을 닫으면 안이 꽤 좁아지기 때문에 이곳에서는 늘 1대1 연습을 한다.

할머니는 연습 때에는 꽤 엄격했다. "다음에 할 때까지는 제대로 익혀두어라" 하고 지시했던 안무를 다음 연습 시간까지 익혀두지 않으면 무척 화를 낸다.

요츠하와 미츠하는 미야미즈 신사에 전해져 내려오는 다양하고 무수한 신악무를 모두 기억하고 출 수 있어야 한다. 그뿐만이 아니라 그들의 아이나 손자, 조카들은 물론 그들의 후손에게까지 신악무를 가르쳐야 한다.

만일 미츠하와 요츠하의 어머니가 살아 있었다면 그녀가 자매에게 가르쳤을 것이다. 유감스럽게도 현재 미야미즈 신사의 오래된 전통을 익히고 있는 사람은 할머니뿐이었다.

만일 할머니에게 무슨 일이라도 생기면 제법 많은 신악무와 신위, 의식 방법이 유실된다. 할머니가 엄격한 이유는 마음이 급해서인지도 모르겠다.

신악전 구석에는 오래된 아이와(주13) 제품인 라디오 카세트 플레이어가 놓여 있고, 신악 무용곡을 녹음한 보이스 레코더가 연결되어 있는 상태다.

요츠하는 등을 곧게 펴고 곡에 맞춰 춤을 추었다.

춤을 춘다.

방울을 울리고 방울에 이어져 있는 끈을 나부끼며….

몸을 돌리고 춤을 춘다.

제대로 추지 못한 부분은 할머니가 고쳐준다.

할머니가 시범 삼아 춤을 춘다.

요츠하가 자세를 바로 하고 방울을 울리며 다시 춤을 춘다.

이런 행위가 반복된다. 휴식 시간을 포함해 세 시간 정도 계속되는 연습이다.

주13) 아이와: 일본의 음향 · 영상 · 정보기기 회사.

춤을 추는 사이에 순간적으로 의식이 날아갔다. 너무 순간적인 일이어서 할머니도 눈치 채지 못했고 요츠하 본인도 착각이 아닌가 싶었을 정도다. 전기 스위치를 내렸다가 다시 올린 듯한 느낌이 든다.

'—어라?'

할머니가 요츠하의 춤을 고쳐주면서 나누는 대화 도중에도 비슷한 일이 일어났다.

오래된 형광등이 깜박거리는 현상과 비슷하게 요츠하의 의식도 꺼졌다 켜지기를 반복했다.

이상한데.

주저앉고 싶었지만 그럴 수 없었다. 머리 꼭대기에 끈이 묶여 있고 그 끈이 천장에 고정되어 있어서 몸을 끌어당기고 있다. 그럴 리가 없는데 그렇게밖에 설명할 수 없는 느낌이 들었다. 쓰러질 수조차 없었다. 낚인 생선 같았다.

할머니는 요츠하의 이상한 상태를 눈치 채지 못했다.

"자, 해보렴."

그런 할머니의 목소리가 들려옴과 동시에 브레이크가 걸릴 때처럼 달칵 하는 소리가 뒤통수에서 메아리치더니 요츠하의 의식이 꺼졌다.

온천으로 가득 찬 굵은 튜브 안에서 흘러 내려가는 느낌이 들었다. 불쾌하지는 않고 무섭지도 않았지만 의지할 데가 없는 기분이다. 갑자기 시야가 튜브 안에서 멀어지며 위로, 또다시 위로 솟아오

른다. 주변 풍경이 넓어지며 동시에 멀어졌다. 예를 들자면 이 높이
는 나라, 아니, 대륙을 내려다보는 수준을 넘어서 우주에서 지구 전
체를 응시하는 높이에 가까웠다. 하지만 지금 내려다보는 대상은
지구가 아니다. 멀리 시선 아래 펼쳐져 있는 것은 궁극적으로 복잡
하고 가장 세밀한 능직물이다. 섬유가 서로 꼬여 실이 되고 실은 짜
여 단순한 모양을 지닌 약간 굵은 실로 바뀌고 그 실은 다시 꼬여
끈이 되며 복잡한 모양을 지니게 된다. 그 끈은 면적을 지닌 물체로
엮이고 비로소 천이 된다. 그 천이 무한한 면적 위로 펼쳐지는 모습
을 보고 있었다.

그 천의 모양은 말로는 설명할 수 없었다.

왜냐면 모양이 쉴 새 없이 흔들리면서 빛나고 이어졌다가 갈라지
기도 하고 바뀌고 늘어나며 계속 변화하기 때문이다. 모양은 결코
하나로 고정되는 일이 없었다.

그 모양은 이 우주에 있어서의 시간과 역사, 그리고 사실과 그 안
에 사는 한 사람 한 사람의 감정 모두를 완전히 기술하고 있었다.

그리고 이 우주적인 태피스트리를 구성하는 무에 가까울 정도로
작고 무력하고 가늘며 힘없는 실이 방금 전에 지나온 따스한 튜브
라는 사실을 깨달았을 때 시점이 다시 그곳으로 돌아갔다. 갑자기
통증이 느껴질 정도로 눈부신 빛이 몸을 휩싸면서 의식을 절반 정
도 잃었다. 원래 잃었던 의식을 다시 잃을 수도 있다는 사실을 깨달
았다. 그 깨달음을 준 의식도 뚜껑을 덮듯이 사라져버렸다.

그 상태로 내팽개쳐졌다.

요츠하는 자신이 어두컴컴하고 넓은 판 사이에 서 있음을 깨달았다.

이유는 알 수 없었지만, 이곳이 방금 전까지 그녀가 서 있던 신악전은 아니지만 어딘가의 신악전이라는 사실을 알 수 있었다. 무척 넓어서 열 명 정도 부딪치지 않고 함께 신악무를 출 수 있을 것 같았다. 벽 세 군데는 격자문 형태로 되어 있는데 오늘은 모두 닫혀 있다.

완전히 닫지는 않고 조금 틈을 둔 상태이기 때문에 바깥의 햇살이 희미한 선이 되어 스며들고 있었다.

앞에 여자가 서 있었다.

요츠하를 바라보면서.

흰 소매옷과 붉은 하카마(주14)를 입고 청보라색 우치키(주15)를 걸치고 있었다.

머리는 검었으며 등을 모두 가릴 정도의 길이였다.

피부가 무척 하얗다. 생김새는 언니와도 비슷했고 사진으로 보았던 엄마와도 닮았다.

나이는 언니보다 위고 엄마보다는 아래다.

어라, 이런 사촌이나 친척 분이 계셨던가. 없었던 것 같은데. 이런 생각을 하기는 했지만 그렇게 큰 의문을 느끼지는 않았다.

요츠하는 어째서인지 이 상황이 이상하게 느껴지지 않았다. 신악전에 있고 눈앞에는 스승이 서 있는 상황이 방금 전과 별 차이가 없어서일지도 모르겠다.

그제야 문득 시선 높이가 평소의 자기 것보다 높다는 사실을 깨

주14) 하카마: 일본 전통 의상의 하의 종류.
주15) 우치키: 헤이안 시대의 왕족이나 귀족이 착용하던 전통 의상 중 상의.

달은 요츠하는 고개를 돌렸다.

　머리가 무거웠다. 곧 그것이 믿을 수 없을 정도로 길어진 자기 머리카락 때문이라는 사실을 깨달았다.

　시선을 아래로 향해 손을 보았다. 그녀의 손이 아니다. 통통하지 않고 전체적으로 무척 가는데다가 손가락이 길고 상처 하나 없이 아름다운 손이었다.

　적어도 등산을 하고 밖에서 축구를 하고 요리 도중에 손을 베이는 초등학교 여학생의 손은 아니다. 그 손이 연두색 우치키 소매 밖으로 나와 있었다. 아마도 그녀 역시 눈앞에 서 있는 여자와 같은 차림새를 하고 있으리라.

　더 아래를 내려다보자, 세상에.

　가슴이 봉긋했다.

　어라.

　가슴이네.

　어?

　그렇게 풍만하지는 않지만 '이런 데에 가슴이 있군'이라는 생각이 들 정도로는 존재감이 느껴진다.

　요츠하는 몸앞으로 무엇인가를 받쳐 들듯이 가는 두 손을 움직여.

　천천히 가슴으로 향했고.

　움켜쥐었다.

　앗.

　주물러버렸다.

생각했던 것보다 힘은 없었다. 탱글탱글한 느낌이었다. 더 탄탄하고 안쪽에서 강한 힘이 느껴지리라 생각했는데 그렇지 않았다. 손을 움직이자 가슴은 멋대로 따라 움직이고 모양을 바꾸었으며 손을 놓자 자연스럽게 원래 형태로 되돌아갔다. 그 감촉과 움직임을 옷 위로도 분명하게 느낄 수 있었다.

여자가 살짝 놀라는 표정으로 부채 끝을 입술에 댔다.

"그리도 자기 유방이 좋으냐."

요츠하의 의식이 눈을 깜박이는 것처럼 꺼졌다 돌아오기를 반복했다.

기절과 깨어나기를 반복하는 느낌이었다.

"자, 가르친 대로 해보아라."

여자가 방울을 내밀며 요구했다. 요츠하가 움직이는 요츠하의 것이 아닌 손이 방울을 받아 들었다. 여자가 입술을 모으더니 신악무의 곡을 읊조렸다. 그것은 방금 전 할머니에게서 배웠던 것과 같은 곡조였다.

그녀의 지시에 따라 요츠하는 낯선 누군가의 몸을 이용해 춤을 추었다.

이 상황에 반발하려는 생각은 들지 않았다. 꿈속에서 꿈의 흐름에 거역하려는 생각이 들지 않는 것과 마찬가지다.

요츠하는 춤을 추었다.

몸을 딱 멈추었다가….

다시 추었다.

춤을 끝내고 자연스럽게 멈추어 서자 방울 소리의 여운이 퍼져나가는 모습이 보이는 듯했다.

요츠하는 무척 편한 기분을 느꼈지만 여자는 크게, 그리고 천천히 고개를 기울였다.

"어찌 된 것이냐. 가르친 것과 전혀 다르구나."

여자는 할머니가 그러듯이 요츠하의 움직임을 고쳐주었다. 요츠하가 단순하게 손을 펼쳤다 내린 부분에서 손목을 두 번 꺾으라고 가르쳤다.

방울이 울리고 다시 한 번 울렸다. 요츠하의 춤은 움직임과 소리로 장식되어 한층 화려하게 변했다.

그렇게 여자는 요츠하의 춤을 하나하나 고쳐주었다. 그사이에도 의식은 오락가락했다.

여자는 그 사실을 눈치 챘는지 문득,

"허어, 그대, 꿈을 보고 있느냐?"

이렇게 말했다.

"자기가 만든 구치카미사케를 스스로 마시니 그렇지. 그러니 영혼이 뒤바뀌는 것이니라. 대체 어느 엉뚱한 장소로 이어지게 될지 알 수 없는 노릇이야."

가볍게 놀리듯이, 그러나 난처한 어조로 이렇게 말한 여자는 갑자기 아차 하는 표정을 짓고는,

"아니, 바뀌어 찾아온 그대에게 그런 말을 해봤자 소용이 없겠구나."

이 사람에게 뭐라고 말하고 싶은 생각이 들지 않는다. 입을 다물고 있어야 해서가 아니다. 목소리를 내서 말을 전하는 개념이 사라

진 것만 같았다.

여자는 반쯤 펼친 부채를 느긋하게 부치다가 어떤 생각이 들었는지 눈을 뜨며 고개를 끄덕였다.

"그렇구나. 미야미즈의 신악무를 출 수 있다는 말은 어찌 되었건 그대 역시 미야미즈가의 사람이라는 뜻이겠구나. 허면, 그대도 구치카미사케에 못된 장난을 한 자이겠지."

여자가 우스운 듯이 미소를 지었다.

여전히 대답을 하려는 발상 자체가 생겨나지 않았다. 여자도 대답을 기대하는 눈치는 아니었다. 어쩌면 말이 아닌 무엇인가가 전해져서인지도 모르겠다.

격자 벽 사이로 비쳐드는 햇살이 갑자기 어두워졌다가 다시 밝아졌다. 바깥에서 순간적으로 태양이 구름에 가렸던 모양이었다. 창문 하나 없이 사방이 벽으로 가로막힌 네모난 신악전. 그 안에 가득한 정결한 어둠. 그곳으로 스며드는 가느다란 몇 가닥의 햇살.

그리우면서도 마음이 따끔거리는 느낌.

아, 알았다.

황혼녘과 무척 비슷하다.

일반적으로 오래된 일본어에서 '카와타레도키'라 불리는 시각을 이토모리에서는 '카타와레도키'라고 부른다. 요츠하는 어려운 말은 잘 모르지만 '카타와레도키'에 관해서는 알고 있었다. 이제 돌아가지 않으면 안 된다는 생각이 들게 만들면서 가슴 안쪽이 지끈 하고 울리는 듯한 시간이다. 그 시간의, 어둠 속에 비쳐드는 빛의 분위기와 닮았다.

가슴 안쪽이 지끈 하고 울린다.

요츠하는 걸음을 뗐다. 나무 바닥을 밟는 발소리가 멀리서 들려오는 노크 소리 같았다.

벽에 다가서서 격자를 어루만졌다.

마르고 가벼운 감촉이 기분 좋다. 사랑스럽다.

격자 벽의 아래쪽으로 팔을 뻗어 가만히 열었다.

그 순간,

홍수처럼 빛이 쏟아져 들어왔다.

거의 짓눌릴 정도의 압력을 지닌 빛이었다.

그 기세가 사라진 후에 요츠하는 눈을 떴다. 아니, 처음부터 뜨고 있던 눈이 빛에 적응했을 뿐인지도 모른다. 어쨌든 바깥 경치가 파노라마처럼 펼쳐지면서 넓은 공간의 모든 것이 요츠하의 눈에 비쳤다.

그것은….

멀리 보이는 산의 형태와 바로 앞에 펼쳐진 이토모리 호수의 완만한 곡선. 그런 풍경으로 미루어 보아 이곳은 이토모리가 틀림없었다.

그러나 인상은 제법 달랐다.

지면의 지형은 낯익지만 밭이 적어서 이상했다. 대신 숲과 덤불이 여기저기에 있었다. 드물게 민가도 보였지만 오두막이라는 느낌에 가까웠고 기와를 얹은 지붕은 어디에도 없었다.

그런 민가에서 밥을 짓는 흰 연기가 솟아올라 높은 곳에서 푸른 하늘과 뒤섞였다.

마치 하늘이 떨어져내리는 것을 가는 연기 기둥이 지탱하고 있는 것처럼 보였다.

요츠하가 있는 장소는 신사의 경내이기는 했지만 위치는 요츠하가 아는 미야미즈 신사가 아니었다. 보이는 풍경이 미묘하게 다르다.

넓이로 따지면 이 경내는 요츠하가 아는 미야미즈 신사의 다섯 배 정도는 되지 않을까 싶었다.

다이샤즈쿠리(주16) 지붕이 흘러내리듯 내려앉은 거대한 배전이 자리 잡고 있고 그곳에서 좀 떨어진 곳에 중후한 저택이 보였다. 맞배 형식의 지붕에는 널빤지를 이어 붙였고 중심부에만 기와가 붙어 있었다.

물론 요츠하가 있는 신악전도 경내에 포함되어 있었다.

배전 앞에 펼쳐지는 참배로를 포함한 정원은 고풍스러웠다. 바위가 놓여 있는데다 개울도 흘렀다.

그 정원에서는 열 명 정도 되는 남녀가 열심히 청소를 하고 있었다.

남자는 머리에 두건을 두르고 예스러운 의복을 입고 있는 사람이 있는가 하면, 천에 구멍을 뚫어 뒤집어쓰고 양쪽을 꿰매어 허리춤을 묶은 차림새를 한 사람도 있었다.

여자는 허리나 어깨 정도까지 내려오는 짧은 머리를 하고 있었다. 다들 발목까지 오는 평범한 재질의 코소데(주17)를 입고 있다. 옷 위에 허리끈 비슷한 물건을 두른 사람도 있고 아닌 사람도 있다. 짚신을 신은 사람도 있고 맨발인 사람도 있었다.

주16) 다이샤즈쿠리: 大社造. 일본의 오래된 신사 건축 양식.
주17) 코소데: 옛날에 넓은 소매의 겉옷에 받쳐입던 속옷으로 현재 일본옷의 원형.

적어도 에도 시대의 복장은 아니다. 역사 드라마에서 보던 차림새와는 전혀 다르기 때문이다.

그보다 훨씬 더 오래전.

얼마나 오래되었을까….

요츠하는 아직 어려서 지식이 너무 부족했다.

만일 지금 요츠하가 어른이고 기본적인 소양을 갖추고 있었다면.

지금 눈앞에 펼쳐진 풍경이 약 천년 전의 그림 족자에 묘사된 서민의 모습과 비슷하다는 생각을 할 수 있었을지도 모른다.

하지만 그런 정보를 지니고 있지 않아도 자연스럽게 느껴지는 바는 있다. 어떻게든 판단하고 이해하려 한다. 자신의 것이 아닌 두뇌를 써서 요츠하의 의식과 무의식은 자동적으로 맹렬하게 계산을 시작했다.

이건.

여기는….

요츠하는.

그때.

분명한 어지러움이 덮쳤다.

시야의 초점이 흥미롭게 일그러졌다.

몸이 뒤쪽을 향해 천천히 쓰러지려 했다.

여자가 빠르게 다가와서 뒤에서 요츠하를 부축했다.

요츠하는 그 감촉에 안심하면서 의식을 놓았다.

시야에 막이 내려지면서 서서히 어두워졌다.

등 뒤, 거의 귀 뒤쪽에서 목소리가 들렸다.

─기억해두어라. 사람은 고향과 이어져 있음을. 묘성이 떨어져 모든 것을 앗아가 버린 불길함이 더할 나위 없는 이 땅을 이토모리의 사람들은 버리지 않으니. 이어져 있어서 떨쳐낼 수 없다고밖에는 할 수 없느니라. 마음이 이 땅에 뿌리를 내리고 있음이다. 엮여 있는 것이야. 그리고 사람의 마음이 이 땅에서 떨어지지 않기에 우리 미야미즈가 존재하는 것이니라.

─미야미즈는 시토리노카미(주18)의 후손. '무스비'를 축복하는 자. 시간의 짜임을 더듬어 오는 방향과 가는 끝에 마음을 기울이는 자. 그대의 등에는 시간의 흐름 속에 존재하는 모든 미야미즈의 여인이 함께하고 있음을 알거라.

뒤쪽에서 슬픈 미소가 떠오르는 기척이 느껴졌다.

─기억하라고 해도 잊고 말겠지만 말이야.

그 말을 마지막으로 어딘지 모를 소용돌이 속으로 끌려갔다. 마치 자신에게 끈이 묶여 있고 누군가가 그 끈을 잡아당기기라도 하듯이 말이다.

6

원래의 자기로 돌아왔을 때 요츠하는 그런 모든 일을 잊어버렸다. 자기가 무엇인가를 잊었다는 감각조차 남아 있지 않았다. 딱 하고 스위치가 들어오고 나니 그녀는 미야미즈 신사의 신악전에 있었고 눈앞에는 할머니가 계셨다. 천장에는 전구 색깔의 LED 조명이 달려 있었다.

주18) 시토리노카미: 倭文神. 일본 신화에 등장하는 신 중 한 명.

할머니가 입을 벌린 채 요츠하를 바라보고 있었다.

"왜 그래?" 하고 요츠하가 물었다.

"그건 어디서 배웠니?"

"그거라니?"

"그거, 그 춤."

요츠하는 "어"와 "음"의 중간 정도 되는 애매한 소리를 냈다.

"그래, 원래 이 신악무는 그런 안무였단다. 내가 지금의 요츠하보다 어렸을 때 우리 할머니의 어머니가 그렇게…. 아아, 그렇게 추셨지."

"엥, 할머니가 어릴 때, 할머니의 할머니에게 어머니도 계셨어?"

요츠하는 본론에서 벗어난 부분에 대해서 놀라고 있었다.

"그랬지. 할머니의 할머니의 어머님이 지금 요츠하처럼 춤을 추셨는데 이제야 기억이 나는구나…."

할머니는 놀란 표정으로 요츠하를 바라보더니 기쁘게 웃었다. 하지만 웃음을 머금은 얼굴에 곧 슬픈 표정이 스며들었다.

"그때는 참으로 좋은 시절이었지."

할머니가 '쓸쓸해졌구나'라는 표정을 짓는 모습을 요츠하는 보았다. 그 순간에 해야 하는 말이 자연스럽게 떠올랐지만 그것은 요츠하에게 '나는 이런 말을 하지 않는데'라는 생각을 안겨주는 말이기도 했다. 완전히 어른의 대사인데. 그런 대사가 왜 지금 떠오르는지 알 수 없다. 마치 모르는 어딘가에서 전해진 수수께끼의 메시지 같다.

요츠하는 할머니에게 기대면서 말했다.

"제가 있어요."

그날 밤에 요츠하는 꿈을 꾸었다. 시간의 흐름 속에 요츠하가 있었다.

그 흐름 속에서 요츠하는 헤엄치지도, 휩쓸리지도 않고 떠 있었다. 하류로 향하는 느낌도 들었고 상류로 거슬러 올라가는 느낌도 들었다.

그저 계속 수면이 아니라 그 아래에 있었다. 그렇게 요츠하는 어딘가로 실려 가고 있었다.

이 흐름은 어쩌면 은하수라 불리는 줄기가 아닐까 하는 생각을 했을 때 요츠하는 실로 엮은 그물로 떨어지는 별을 받아내는 이미지를 보았다. 그 이미지가 너무나 납득이 갔지만 이유는 알 수 없다.

그 실에 요츠하도 매달려 있었다. 요츠하는 흐름 속에 있으면서 동시에 땅 위에 있었다.

지금보다 더 젊은 아빠가 있고, 앨범 마지막 장에 들어 있던 사진에 가까운 모습을 지닌 엄마가 보이고, 지금의 요츠하와 비슷한 나이대의 언니가 있었다. 그리고 요츠하는 엄마의 팔에 안겨 있는 갓난아기 상태의 자신을 보았다.

"이 아이에게 행복만 깃들기를. 혼자 괴로워하는 일이 없기를."

아빠가 기도하듯 말했다. 아빠는 축사를 스스로 쓰고 읽을 수 있을텐데, 아무런 꾸밈없는 현대어로 내뱉은 그 말이 오히려 진심을 그대로 전하는 느낌이 들었다.

엄마가 눈을 녹이는 햇살같이 부드럽게 웃었다.

"이 아이와 당신과 나와 미츠하는 무스비의 실로 이어져 있어. 미야미즈의 무녀는 고독했던 적이 없는걸."

언니가 갓 태어난 나를 바라보았다.

풍경도, 사람도, 갓 태어난 자신도, 그것을 보고 있는 자신도 소용돌이에 휘말려 끌려가서 시간의 흐름에 뒤섞였다.

아침이 되자 요츠하는 눈을 떴다. 눈을 번쩍 떴을 때에는 잠기운이 싹 달아난 상태였다. 유리 창문을 통해 스며드는 햇살이 기분 좋았다.

몸을 비틀비틀 흔들면서 탈의실로 가서 세면대 앞에 서고는 비누를 써서 세수를 했다. 잠옷을 벗어서 세탁기에 넣고 평상복으로 갈아입는다. 요츠하는 집안일을 도울 때 외에도, 축구를 할 수 있는 옷만 입지는 않기로 정해놓았다. 젖은 앞머리를 드라이어로 말리고 머리를 빗은 후에 두 부분으로 나누어 양갈래로 묶었다. 스스로는 세일러문 전사의 머리 모양이라고 생각하지만 바보 같은 남자들은 청소기 앞에 붙는 솔 같다고 말했다.

머리를 절레절레 저으며 잠옷 차림의 미츠하가 탈의실 문을 열었다. 요츠하가 자리를 비켜주자 그녀는 천천히 안으로 들어왔다. 언니에게서 풍겨나는 묵직한 잠기운이 눈에 보일 것만 같았다.

언니가 가슴을 주무르는 모습을 볼 수 있지 않을까 싶어서 관찰해보았지만 오늘은 그럴 생각이 없어 보인다.

대신에 놀랄 만한 장면을 보았다.

잠기운에 젖어 있던 언니가 차가운 물로 세수를 하고 아침 식사 전임에도 양치질을 하고 정신을 차리더니 잠옷을 벗고 빠르게 교복을 갈아입은 후에 젖은 머리를 말리고 능숙하게 머리카락을 땋아 내렸다. 바로 훌륭한 '미야미즈의 큰 아가씨'로 변신하는 장면이었다.

반짝거리는 빛이 눈에 보일 것 같았다.

대단하다.

이 사람은 미인이구나 하는 생각이 들었다.

지금 언니와 같은 나이가 될 즈음에는 자기도 미인이 될까.

가슴 크기는 상관없지만 미인은 되고 싶다.

요츠하는 그때.

이런 언니가 무척 좋다는 사실을 깨달았다.

자기가 그런 생각을 하는 줄은 몰랐다.

알고 있는 줄 알았는데 그렇지 않았다.

그런 마음을 말로 하고 싶어서 요츠하는 언니 옆으로 다가갔다.

"언니."

"왜?"

"우리는 고독하지 않아."

미야미즈 미츠하는 거울을 보며 머리를 다듬다 말고 고개를 옆으로 돌려 요츠하를 바라보았다.

"흐음…. 고독이라는 평범하지 않은 말을 어디서 배웠어?"

"어? 어라…."

질문을 받은 요츠하는 깜짝 놀랐다.

"누구더라, 어디서더라, 뭐더라, 으음."

어째서 자기가 그런 말을 했는지도 알 수 없고….

요츠하는 기억을 떠올리기 위해서 위를 보기도 하고 머리도 흔들었다. 머리를 흔들면 안에서 답이 데굴데굴 굴러 나오지 않을까 싶어서였다.

한동안 요츠하는 보이지 않는 어딘가에 존재하는 미지의 무엇인가를 찾아내기 위한 수색 작업을 계속했다.

미츠하는 작은 가위로 눈썹을 다듬으면서 거울에 비친 요츠하의 모습을 지켜보고 있었다. 드디어 요츠하는 정처 없이 어딘가로 뻗어나가던 수색의 손길을 포기하고 몸에서 힘을 뺐다.

무엇인가를 놓쳐버린 슬픈 기분이 순간적으로 들었지만 그것은 기분 탓인지도 몰랐다. 그렇게 요츠하는 거울에 비친 언니의 얼굴을 향해 해맑은 아이의 웃는 얼굴을 보였다.

"잊어버렸어~."

제
4
화

당
신
이

볶
은

것

1

"…너는 누구냐?"

스스로 생각지도 않은 말이 튀어나왔다. 미야미즈 토시키는 지금 넥타이를 잡힌 상태였다. 믿어지지 않는 광경을 목격한 사람처럼 넥타이를 붙든 손의 주인, 그러니까 겉모습만은 자기 딸인 존재를 바라보았다.

이게 정말 미츠하인가? 라는 의문은 아니다. 이건 미츠하가 아니다라는 논리를 뛰어넘은 직감이었다. 그 논리를 뛰어넘은 직감이 오한으로 변해 등골을 서늘하게 만들었다. 토시키의 얼굴이 창백해졌다.

이건 미츠하가 아니다.

미츠하의 모습을 한 다른 누군가이다.

은유가 아니라 말 그대로의 의미였다. 이건 그저 사람이 변했다는 수준으로는 표현할 수 없었다.

딸인 미야미즈 미츠하로 위장한 가짜가 그를 만나러 왔다….

그런 바보 같은 일은 있을 수 없다. 피곤해서 예민해진 탓이다. 이러한 상식적인 발언은 의식 저편으로 사라졌다. 착각이라는 대안이 슬그머니 떠올랐지만 곧 의식 아래로 가라앉았다. 왜냐면 미야미즈 토시키는 이미 의심 없는 결론을 내린 상태였기 때문이다. 이것은 자기 딸의 모습을 지녔지만 딸이 아닌 무엇이었다.

그 직감적인 진실에 전율하면서 토시키의 정신 기능은 거의 멈춰

버렸다. 미야미즈 토시키는 지금 공포에 질려 떨고 있었다.

비서가 찾아와서, 미츠하 아가씨가 오셨는데요, 이런 말을 했을 때 미야미즈 토시키는 마을 주민 센터의 이장실에서 도로 포장 사업 관련 서류를 검토하고 있었다. 창밖은 아직 밝았고 저녁이 되기에는 이른 시간이었다.

꽤나 심각하고 절박해 보이셔서—라고 비서는 덧붙였다.

어쩔 수 없이 5분만 만나보기로 했다. 약속도 없이 직장에 찾아온 미츠하도 미츠하지만 그런 방문을 받아들인 비서도 문제가 있다.

이런 점에서도 오래된 이 땅에 뿌리박고 있는 미야미즈라는 이름이 지닌 영향력을 느끼게 되어 기분이 나쁘다.

비서가 다시 문을 노크했다. 이어서 미츠하가 들어왔다. 비서는 밖으로 나갔다.

언제 그랬는지 미츠하는 길었던 머리카락을 단발로 자른 상태였다.

새로운 머리 모양을 칭찬받으러 오기라도 했느냐.

그렇게 빈정거려볼까 생각하던 토시키는 아무래도 어른스럽지 않다는 생각이 들어 자제했다.

미츠하의 앞에 있으면 왜인지 유치한 말을 내뱉게 된다. 진심이 드러나는 것이다.

미야미즈의 피를 이어받은 여자들에게는 그런 분위기가 존재해서, 위협적이다.

이 마을에서 그런 위협을 없애기 위해서 그는 지방 정치가로 일하고 있었다. 그러기 위해서 딸들과 헤어져서 여기에 있는 것이다.

미츠하가 이곳에 오는 일 자체가 불쾌했다.

어차피 또 뜬구름 잡는 이야기나 하러 왔겠지. 토시키는 그렇게 생각했고, 그렇게 예상한 대로였다.

앞으로 몇 시간 뒤에 혜성이 두 개로 갈라져서 한쪽이 이 마을에 떨어질 예정이니 마을 사람들을 대피시켜주면 좋겠다, 미츠하는 그렇게 말했다. 그냥 두면 500명 정도가 즉사하게 된다고도 했다.

지나치게 재미있었다. 웃음도 나오지 않을 정도로 말이다.

토시키는 천문학에 관해 해박하지 않았지만 직원들의 이야기에 따르면 1,200년 주기로 찾아오는 혜성이 오늘 즈음 지구에 가까이 접근한다고 했다.

딸은 아마도 텔레비전에서 그 뉴스를 보고 왕성한 상상력을 발휘해 할리우드 영화에나 어울릴 법한 이야기를 만들어내고 스스로 믿어버린 것이리라.

내 딸이지만 눈을 뜬 채 꿈을 꾸다니 끔찍한 일이 아닐 수 없다고 토시키는 생각했다.

미야미즈의 여자들이 눈을 뜬 상태로 보는 이런 종류의 꿈은, 참을 수가 없다.

"망언을 하는 게 미야미즈의 혈통인가."

입 밖으로 소리를 내서 이렇게 말했다.

너는 아픈 거라고 선언한 후에 구급차를 부를 수 있는 병원에 전화를 걸기로 했다. 수화기를 들어 버튼을 누르기 시작하자 미츠하가 빠르게 다가왔다. 그녀의 움직임을 눈치 채고 고개를 들었다. 미츠하는 책상 너머에서 토시키의 넥타이를 강하게 끌어당겼다. 얼굴 바로 앞에 분노에 찬 딸의 눈동자가 있었다. 그 눈동자를 본 순간 토시키의 입이 작게 "어" 하는 소리를 냈다. 뇌와 심장에 일단 충격이 스쳐 지나갔다. 그것이 어떤 종류의 충격인지 깨닫기까지는 시간이 좀 걸렸다.

직전까지 눈앞에 서 있는 사람이 자기 딸이라는 사실을 조금도 의심하지 않았다.

미야미즈 토시키를 만나러 왔던 그 인물은 몸을 돌리더니 빠른 걸음으로 떠나갔다. 돌아서는 방식과 걷는 모습이 이미 미츠하의 모습과는 전혀 달랐다.

토시키는 가죽 의자에 주저앉아 넥타이를 느슨하게 풀었다.

이마에 식은땀이 배어나서 손으로 닦았다.

아직 머리가 저리다.

자신이 본 것은 무엇일까.

그는 눈을 감았다.

자신은 이렇게 공포에 약했던가.

그게 무엇이었나, 혹은 왜 그런 일이 일어났는가 같은 방향으로는 머리가 움직이지 않는다.

그 순간 그저 숨이 막히고 모든 근육이 경직되었다.

여파가 아직도 미치는 중이다.

괴이 현상에 맞닥뜨리면 이렇게 될까.

미야미즈 토시키는 전직 민속학자였다. 이런 방면의 현상에 있어서는 전문가라고 해도 좋다. 가끔 연구 주제에 따라서는 괴이한 현상을 경험한 이야기를 문헌에서 찾거나 경험자를 찾아 직접 이야기를 모을 때도 있었다. 그런 이야기만 전문적으로 연구하는 동업자도 있었다.

하지만 실제로 자신이 그런 경험을 하게 될 줄은 상상조차 하지 못했다….

눈을 감고 있는 사이에 순간적으로 잠들었는지도 모르겠다.

민속학자가 천직인 줄 알았는데 지금은 과도기에 선 자치단체의 수장이라니. 잘도 의외의 방면으로 흘러왔다 싶다.

아내를 처음 만났을 때에는 아직 연구자 신분이었다.

그립지는 않다. 감회가 솟지도 않는다.

싸구려 감성에 유치한 장식을 덧붙이지 않도록 스스로 동결해버렸기 때문이다.

'큰일 났군.'

이제 눈을 떠야 한다.

이렇게 눈을 감고 있으면 떠올리게 될 것이다.

하지만 눈꺼풀이 올라가지 않는다. 그대로 그는 추억에 잠겼다.

2

약 20년 전.

도리이 앞의 돌계단을 올라온 '미조구치' 토시키는 배전 앞 정원에서 참배객으로 보이는 사람이 축사를 읊는 모습을 보았다. 사람이 제법 많았다.

약속한 시간까지 5분 정도 남았다.

경내를 한 바퀴 둘러보았다. 특별히 기술할 만큼 거대한 신사는 아니지만 어느 정도 규모를 갖춘 곳이었다. 지방 도시에 흔한, 마을을 대표하는 가장 큰 신사다. 하지만 이곳 이토모리 마을은 지방 도시는커녕 '촌'이라는 명칭을 붙이기조차 애매할 정도로 규모가 작았다. 다소 큰 촌락 정도에 불과했다. 그런 마을에는 어울리지 않을 정도로 훌륭한 신사가 서 있다는 사실을 토시키는 의식에 새겨 넣었다.

또 한 가지 깨달은 사실은, 이곳에 본전이 없다는 사실이었다.

대부분의 신사는 사람들이 참배하는 배전 뒤쪽에 약간 작은 본전이라는 건물을 둔다. 본전 안에는 신체가 모셔져 있었다. 그런 본전이 없다는 말은, 미와 산처럼 신사가 등지고 있는 산 자체가 신사의 본체가 되는 경우일까. 모래톱이나 섬이 그대로 신사의 본체가 되는 경우도 있다고 들었지만 이토모리 호수는 도리이 옆에 있으니 그런 예시와는 맞지 않는다.

미야미즈 신사는 산 중간에 자리 잡고 있었다. 뒤를 돌아보면 이토모리 호수가 내려다보이는 위치다.

아까 호수를 한 바퀴 둘러보았는데 흥미로웠다. 이토모리 마을은 호수를 한 바퀴 두른 모양으로 촌락이 형성되어 있었다. 건축학부에서 촌락의 발전 형태를 연구하는 지인에게 알려주면 흥미로워할 것 같았다.

호수에서 빙어 낚시는 가능할까.

낚시 용품 대여점이 있으면 한번 해보고 싶다.

손목시계를 보고 사무소로 향했다. 수호 부적 판매소 옆에 사무소의 멋진 현관이 있었다. 문은 열려 있었다.

안으로 들어서자 서늘하고 차가운 공기가 와 닿았다.

현관문과 그 너머로 보이는 복도는 이상할 정도로 깔끔하게 청소가 되어 있었고 마룻바닥은 왁스 광택을 내뿜고 있었다. 아마도 안쪽의 저택 내부도 비슷한 상태이리라. 어떻게 하면 이렇게 철저하게 청소하는 일이 가능할까, 생각하니 살짝 긴장이 된다.

신발장 위에, 작동하는지 의심스러울 정도로 오래된 호출용 벨 스위치가 놓여 있었다. 벨을 누르자 안쪽에 버저 소리가 울려 퍼졌다.

안쪽으로 굽어지는 복도에서 젊은 여자가 나왔다. 20대 정도 되어 보였다. 머리가 길었다. 검은 스커트와 흰 상의, 긴 회색 카디건 차림으로 무척 수수했지만 우아해 보였다.

여자는 현관으로 나오더니 놀란 표정을 짓고 곧 "어머나" 하고 중얼거린 후에 미소를 지었다. 마치 한동안 만난 적 없는 친한 친구를 맞이할 때와 같은 얼굴이었다. 토시키는 자기 등 뒤에 다른 손님이 서 있지 않은가 싶어서 뒤를 돌아보고 말았다. 여자는 오래 찾아 헤매던 소중한 무엇인가를 찾아낸 듯한 미소를 지으며 토시키를 응시했다.

'왜지?'

이런 생각을 하고 있을 때 여자가 입을 열었다.

"교토에서 오셨나요? 연구자이신?"

"인문과학연구소에서 온 미조구치라고 합니다. 시간을 내주셔서 정말로, 음, 고맙습니다."

"인사가 늦었습니다. 저야말로 잘 부탁드립니다. 들어오셔서 이쪽 방에서 기다려주시겠어요? 지금 어머니를, 이 신사의 궁사를 불러 오겠습니다."

그 방은 다다미 열 장 정도 넓이의 서양식 공간이었다. 양탄자가 깔려 있고 낮은 테이블과 소파가 놓여 있었다. 테이블은 물론 소파에도 흰 커버가 씌워져 있었다. 벽에는 시계와 일부러 보지 않으면 존재를 잊어버릴 법한 정물화가 한 장. 창은 큰 출창이었다. 넓은 경내가 창을 통해 눈에 들어왔다. 바깥의 빛도 스며들었다. 창문 양옆에는 얇은 레이스 커튼이 걸려 있었다.

상석과 하석 중 어느 쪽에 앉을까 고민하던 토시키는 테이블 상석 측에 놓인 '이쪽 자리에 앉아주세요'라고 적힌 플라스틱 카드를 발견했다. 덕분에 안심하고 자리에 앉을 수 있었다. 손님 접대에 매우 능숙한 신사라는 느낌이 들었다.

얼마 지나지 않아서 유리문을 여는 소리가 들렸다.

아까 본 젊은 여자가 들어오더니 벽 옆에 섰다. 이어서 60세가 넘은 듯한 전통 의상 차림의 여자가 들어왔다. 아직 할머니라 부르기는 쉽지 않은 외모를 지닌 사람이었다. 키는 작지만 등이 곧고 안경을 쓴 눈동자는 날카롭게 토시키를 향하고 있었다. 나이와 인상 사이에 차이가 있기는 하지만 이 사람이 젊은 여자의 어머니이자

이 미야미즈 신사의 궁사이리라.

그 나이 든 궁사는 방에 들어오기가 무섭게 성큼성큼 다가오더니 자리에 앉은 토시키를 내려다볼 수 있는 위치에 섰다.

"바쁘신 와중에…."

"자네, 민속학인가, 문화인류학인가, 역사학인가, 아니면 종교학인가?"

인사를 건네려던 토시키에게 궁사는 대뜸 이렇게 물었다.

"역사문화학입니다만 거의 민속학과 비슷한 공부를 하고 있습니다."

엉거주춤하게 일어선 토시키가 대답했다. 나이 든 궁사는 굽혔던 허리를 펴더니 뒤로 살짝 물러나서 토시키를 위아래로 훑어보았다. 덕분에 토시키는 다시 소파에 앉을 수 있었다. 토시키가 말했다.

"지방에 남아 있는 오래된 신앙과 의식에 관해 조사하고 있는 와중에 이토모리의 나이 든 분들께 이야기를 전해 듣고 있습니다. 이 지역 신앙의 중심지인 이 신사에 관해 부디 이야기를 들려주셨으면 하고…."

"학자들은 아무것도 모르지."

위에서 말이 들려왔다. 순간 그 말이 무슨 의미인지 이해가 가지 않았다.

"노인네들의 이야기를 듣고 다니면서 모은 후에, 이게 사실이라는 얼굴로 엉뚱한 소리를 글로 적어서 뿌리겠지. 전에도 당신 같은 사람이 왔는데 변변찮았네. 말로 해서는 아무것도 알 수 없는 것을 말로 해서 엉망이 되고 말았지."

토시키는 궁사가 말하는 여기까지 찾아온 학자라는 인물을 대략 알 것 같았다. 그 인물이 15년 전에 썼던 저술서를 최근에 읽었다. 분명히 내용은 엉망이었지만 그 저술서를 통해 미야미즈 신사에 흥미를 품게 되었다. 그런 의미에서는 그 역시 학자와 동급이라고 보아도 할 말이 없다.

하지만.

나이 든 궁사가 찬물을 끼얹듯이 말을 내뱉는 사이에 벽에 붙어서 있던 젊은 여자가 순간적으로 웃음을 참으며 애써 무표정을 유지하기 위해 고개를 돌리는 모습을 토시키는 흘깃 목격하고 말았다.

우리 어머니가 편견이 좀 심하기는 하지만 그 편견조차 사랑스러워서 좋다…. 그런 감정을 담은 미소였다. 귀여운 사람이었다. 그 생각에 이견이 없음을 표시하기 위해서 엄지손가락을 치켜들거나 윙크를 해야 할지도 모르겠다.

토시키는 입을 열었다.

"아니, 거기에 관해서는 이제부터 설명을."

"아아, 됐네, 됐어."

대뜸 부정하는 대답이 들려왔다. 어떻게 끼어들 여지도 없다는 표현은 이럴 때 쓰는지도 모르겠다.

토시키는 말문이 막혀, 설득할 말을 고민했다. 한동안 방 안에 애매한 침묵의 시간이 흘러갔다.

"뭐, 빈손으로 돌아가라고는 하지 않겠네."

나이 든 궁사는 전통 의상 소매 속으로 손을 넣으며 말했다.

"나는 아무 말도 하지 않을 것이야. 하지만 얘가…."

이렇게 말하며 궁사는 곁눈질로 젊은 여자를 가리켰다.

"이야기를 들으러 오는 사람이 있으면 무엇이든 대답한 후에 기록을 남기라고 하는군. 이제는 시대가 달라졌다고 말이야. 나는 그렇게 생각하지 않네만 이 신사를 앞으로 이어받을 사람은 이 아이니까 말이야. 그러니 듣고 싶은 이야기는 저기 있는 후타바에게서 듣도록 하게나."

어머니가 말하는 모습을 바라보던 여자가 토시키를 바라보더니,

"소개가 늦었습니다. 여기 계시는 분이(라고 말하며 손으로 어머니를 가리켰다) 이 신사의 궁사 미야미즈 히토하. 저는 딸이자 이 신사의 운영을 돕는 미야미즈 후타바입니다. 잘 부탁드리겠습니다."

정중하게 인사를 건넸다.

토시키도 엉거주춤하게 일어섰다.

"아, 저는 K 대학교의 미조구치 토시키입니다. 인사를 나누게 되어 영광…."

명함을 건네야 하나, 말아야 하나 알 수가 없어서 손이 허공을 오갔다.

"저기, 감사합니다. 하지만 이런 이야기는 나이 든 분들께 듣도록 되어 있어서…."

"내가 아는 일은 이 애도 아네."

나이 든 궁사는 그렇게 말한 뒤에 딸의 등에 손을 댔다. 그러고는 돌아보는 일 없이 방을 나섰다. 화가 난 사람치고는 문을 닫는 모습이 우아하고 조용했다.

미조구치 토시키와 미야미즈 후타바가 방에 남았다. 두 사람은 누가 먼저랄 것도 없이 우선 소파에 마주 보고 앉았다.

"죄송해요. 어머니가 오늘은 좀 그러시지만 평소에는 사교적인 분이시랍니다."

미야미즈 후타바라고 이름을 밝힌 젊은 여자는 웃음 섞인 목소리로 이렇게 말했다.

"하지만 어떤 종류의 일에 관해서는 무척 완고한 분이셔서요."

"드물지 않은 반응입니다. 인터뷰를 거절당하는 데는 익숙하고요."

토시키도 웃었다. 두 사람이 함께 웃은 덕분에 분위기가 풀렸다. 미야미즈 후타바는 등을 곧게 펴고 소파에 살짝 걸터앉은 상태였다. 스커트에 가려져 있기는 하지만 나란히 모은 다리 형태가 무척 아름다웠다.

"무슨 이야기를 해드릴까요?" 눈앞의 여자가 물었다.

"이 신사에서 모시는 신은 어떤 분입니까?" 토시키가 물었다.

"시토리노카미다케하즈치노미코토를 모십니다. 본사나 지사에 해당하는 신사는 따로 없습니다."

"나라 현의 카츠라기노시도리니이마스아메노하즈치노미코토 신사와의 관계는요?"

"관계없습니다. 오오미카 신사와도 마찬가지입니다. 교류도 없습니다."

명쾌한 답이 반가웠다.

사실 토시키는 이 신사에서 모시는 신을 이미 알고 있었다. 시토리노카미를 모시는 신사 중에 특별한 기원 형태를 지니는 곳이 없는지, 그리고 그 조사 결과를 통해 고대 일본인의 사고 형태를 추측하거나 역사상의 수수께끼 몇 가지를 해명할 수 있지 않을까 하는 것이 이번 조사의 목적이었다. 토시키는 그런 이유로 일본 각지에 흩어져 있는 시토리 신사를 찾아다니고 있었다.

시토리노카미는 수수께끼가 풀리지 않은 신이었다. 일본서기와 고어습유(주19)에만 기술되어 있을 뿐이다. 고사기에는 등장하지 않는다.

인간들에게 베를 짜는 방법을 가르친 신이라고 한다. 일본서기에 따르면 아마츠 신 계열의 무신인 후츠누시노카미와 다케미카즈치노미코토가 토착신들을 평정하려 했을 때 천상에 거주하는 별의 악신 아메노카가세오만을 토벌하지 못해서 곤란해했다. 그들 대신 나아가 그 별의 신을 굴복시킨 사람이 시토리노카미다케하즈치노미코토라고 한다. 다케미카즈치(武甕槌大神) 같은 영웅 신도 퇴치하지 못했던 아메노카가세오를 어떻게 베를의 신이 쓰러뜨렸는가는 수수께끼로 남아 있었다. 의견은 다양하지만 정설은 없다.

"이 신사에서는 모시는 신에 관해 어떤 전설이 남아 있습니까?"

"다케하즈치노미코토는 이 땅에서 용을 퇴치했습니다."

무척 인상적이랄까, 강렬한 이야기가 아닐 수 없었다.

"이 지역에서 말입니까?" 토시키가 물었다.

"네."

"아메노카가세오를 용으로 보는 관점인가요?"

주19) 고어습유: 古語拾遺. 헤이안 시대에 작성된 일본 신도(神道) 자료집.

"저희 신사에서는 아메노카가세오는 용입니다. 틀린가요? 아, 틀리겠군요. 일본서기에는 별의 신이라고 적혀 있으니까요."

흥미롭다.

그보다는 입질이 왔다고 토시키는 생각했다. 이 부분을 파헤치면 무엇인가가 드러나리라는 직감이 들었다. 이 신사의 전설은 다른 곳에 없는 종류의 것이었다. 이 전설을 실마리로 삼으면 신화의 수수께끼를 하나 더 풀 수 있지 않을까. 야마타노오로치(주20) 전설과 비교 분석해도 흥미로운 결과가 나올 것 같다.

"어떤 식으로 용을 물리쳤습니까? 혹시 자세한 기록이 남아 있는지요?"

"전해지는 바는 없지만 제가 생각하기에는 끈을 무수히 엮어서 용을 휘감지 않았을까 싶습니다."

"끈이라고요?" 토시키는 소파 위에서 자세를 바꾸었다. "베틀로 짠 천을 뒤집어씌운 것이 아니라 끈으로 휘감았다?"

"그렇지 않을까 싶습니다."

"왜지요?"

"저희 신사에서는 제사의 일환으로 실매듭(組紐)을 꼬고 있습니다. 이토모리 마을은 실매듭을 생산하는 지역입니다만, 기원을 따지자면 저희 신사에서 취하는 제사 방식이 마을로까지 퍼져 나간 결과지요. 요즘도 실매듭을 신악무에서 사용하며 참배객들에게 걸쳐주기도 하지요. 씨족분들과 신앙을 지닌 분들에게는 실매듭을 꼬는 방법을 가르치기도 합니다. 만들어진 실매듭은 신단에 두었다가 몸에 걸치기를 추천하고 있습니다."

주20) 야마타노오로치: 八岐大蛇. 일본 신화에 등장하는 머리와 꼬리가 각각 여덟 개 달렸다는 괴물.

"실매듭이라는 것은 다양한 색을 지닌 실을 복잡한 모양으로 꼬아둔 끈을 말하는 것인가요?"

"예. 상상하시는 그 물건이 맞을 겁니다."

"왜 천이 아닐까요? 시토리노카미를 믿는 신사에서 끈을 꼰다는 말은 이곳에서밖에는 들어본 적이 없습니다. 이 신사의 독특한 전통입니다. 어째서 이 신사에서는 천을 짜지 않고 실을 꼬는지요?"

"글쎄요, 모르겠네요."

"끈을 꼬는 행위의 기원이 언제쯤인지 기록에 남아 있습니까?"

"모릅니다. 저, 부끄럽지만 그런 부분은 전혀 모른답니다."

"예?"

"쿄와 3년, 그러니까 1803년, 지금으로부터 200년도 전에 신사가까이에 있던 집에서 불이 나서 산불로 번졌던 적이 있습니다. 이토모리 집락에 큰 피해를 입혔고 미야미즈 신사도 전소했습니다. 신사를 돌보던 미야미즈가의 사람들도 몇 명 함께 사망했지요. 종이에 적힌 기록도 존재했다고 하는데 그때 모두 타버렸습니다. 이사건은 민가 주인의 이름을 따서 '마유고로의 큰 불'이라고 불립니다."

불을 낸 사람의 이름을 붙여서 부른다는 뜻인가. 왠지 안타까운 일이다….

"유감이로군요…. 역사적으로도 아쉬운 일입니다."

"네에, 정말로 그렇게 생각합니다. 그래서 이 신사에서는 200년 전에 기록이 단절되어버렸습니다. 신위의 위치도 그 이전의 장소에서 약간 바뀌었고 규모도 작아졌지요."

"그 시절에는 1인 상전 체제였군요."

"그렇습니다. 예전에는 많은 신사들이 그랬지요. 지금은 아니지만요."

그렇군. 그런 일이 있었으면 기억의 단절이 벌어질 법도 하다.

예전에 신사에서는 고대 신사의 제사 순서나 신사 고유의 기도문(혹은 기도문 작성 규칙)을 오직 한 명의 후계자에게만 가르치는 일이 잦았다. 후계자를 한 명만 두는 일을 '1인 상전'이라 부른다.

왜 그랬는지에는 다양한 이유가 있다. 노하우가 유출되어 동업자인 다른 신사가 발생하는 일을 막기 위해서이기도 했고 '이 일족만 해낼 수 있는 중요한 일'로 남겨두면 일족에 가해지는 위협을 막을 수 있다. 권력자에 대한 방어 체계다.

하지만 동시에 그것은 엄청난 위험을 포함한 제도였다. 어떤 이유로 전승이 끊길 경우, 오래 전부터 지켜 내려온 비밀스러운 전통이 모두 사라지기 때문이다.

예를 들어 비기를 모두 전승하기 전에 선대가 죽어버릴 경우. 미야미즈 신사에서처럼 사고로 선대와 후계자가 모두 죽어버릴 경우. 과거의 기억은 모두 사라지고 그 이전의 신사와의 연관성은 사라진다.

그런 사고는 1,000년, 혹은 1,500년 정도 되는 시간 속에서 몇 번이나 벌어졌으리라. 그때마다 기억은 끊기고 고대에 이루어졌던 제사의 형태는 하나둘 바뀌었을 터다.

신도가 현재의 형태를 갖춘 때는 헤이안 왕조의 시작과 거의 비슷한 시기라고 알려져 있다. 그 당시에 '1인 상전 규칙'을 만들었던 사람들은 자신들의 제사가 전통이 되어 1,000년 후에도 이어지리라고는 상상하지 못했을 것이다. 무리는 아니다. 하지만 토시키는 그 가공의 인물에 가까운 과거 사람들을 원망하고 싶어진다.

전국 각지에 흩어져 있는 모든 신사에 각각 독자적인 기도문과 의식이 존재했을 터다.

그러나 그런 전통은 현재 거의 남아 있지 않다. 현대에 이르러 각 신사가 읽는 기도문 구성이나 의식 수순은 근세나 근대 이후에 재정비된 경우가 대부분이다. 불경이 거의 대부분 문자 정보로 남아 있는 불교와 달리 그런 의미에서 신도는 고대와의 연결점을 잃은 종교라고 해야 할지도 모르겠다….

"덕분에 한 가지 이해가 가는 사실이 있습니다." 이렇게 말하는 토시키. "아까 경내에서 기도를 올리던 참배객이 있었는데 그 기도문이 이즈모 계열 기도문으로 들렸거든요."

"네에. 이 신사의 현재 신위, 그러니까 저희가 축문을 칭하는 말입니다만, 그중 몇 종류가 이즈모 대신사에서 사용하는 것과 같습니다."

"아마도 대화재 이후에 잃어버린 축문을 다른 자료를 참고해서 재현해야 하는 상황에 처해서 이즈모에서 차용했을지도 모르겠군요. 하지만 시토리노카미는 천손 계열의 신입니다. 천손 계통에 속하는 이 신사에서 이즈모 계열의 기도문을 차용한 이유는 무엇일까요?"

"글쎄요. 저는 당시에는 꽤 평화로웠나 보구나 하고 좋게 생각했는데…."

미야미즈 후타바의 입술이 부드러운 미소를 머금었다.

"불탄 고문서 중에는 시토리노카미가 용을 퇴치한 사건을 칭송하는 시문이나 신위도 있었겠지요. 그런 자료가 남아 있었다면 하고 저도 종종 생각한답니다."

스스로도 가능성이 희박한 일이라고 생각하면서도, 토시키는 물었다. "소실되지 않고 남은 축문에서 특징을 잡아내어 잃어버린 축문을 복구하는 일은 불가능할까요?"

"괜찮으시면 토시키 씨가 해주실 수는 없을지요?"

미야미즈 후타바의 얼굴이 토시키에게로 똑바로 향했다.

"축문을 적은 자료를 복사해 넘겨드릴까요? 대화재 직후에, 살아남은 신사 관계자가 기억에 남아 있던 축문을 모아 적어두었습니다. 메일을 확인하실 수 있을까요?"

"그럼요."

"제가 텍스트 문서로 변환한 자료가 있으니 보내드릴게요."

"그래주시면 좋지요. 고맙습니다."

"아니에요. 저희도 잃어버릴까 두려우니 많은 분들이 가지고 계셨으면 싶답니다."

토시키는 눈을 크게 떴다.

지금까지 수도 없이 취재를 나섰고 많은 신사 관계자를 만났지만 이렇게 개방적인 발언을 하는 사람은 처음이었다.

토시키는 자기 관심이 눈앞의 여자 개인에게로 옮겨가는 느낌을 받았다. 학술적인 인터뷰의 예의에서는 벗어나지만 약간 다른 질문을 하고 싶어진다.

"저기… 현실적으로는 용은 존재하지 않잖아요."

"네, 그렇다고 알고 있습니다. 용이라는 표현은 무엇인가의 비유겠지요."

"그 비유의 대상이 무엇인지 분명히 알 수 있으면 역사의 수수께끼를 하나 풀 수 있게 됩니다. 적어도 중요한 계기는 되겠지요. 저는 그런 일을 고찰하는 직업에 종사하고 있습니다. 혹시 그런 면에서 도움이 될 만한 조언을 들을 수 없을까요?"

"저는 그런 면으로는 전문가가 아니라서…."

"아니요, 오히려 전문가가 아닌 분의 의견이 필요합니다. 당신은 이 신사의 전설을 피부로 느끼는 입장이십니다. 기록에 남아 있지 않아도 전설 속에 깃든 줄기를 이어받았을 테니까요."

토시키가 이렇게 말하자 미야미즈 후타바는 무릎 위에 손을 얹고 다리 위치를 바꾸었다.

"그러네요…. 예를 들자면, 포학한 지배자. 혹은 침략자나 정복자. 그런 것을 의미하고 사람들이 치밀하게 협력해서 물리쳤다…고 볼 수도 있지 않을까요."

폭군이 용이다. 협력한 사람들은….

토시키가 말했다.

"끈을 엮는다는 것은 '사람들의 의사가 네트워크를 형성해 협력하는 모습'을 뜻한다는 건가요?"

미야미즈 후타바가 네에 하고 고개를 끄덕였다.

상식적인 발상이었지만 신선했다.

토시키는 무릎 위에 손을 깍지 낀 자세로 그 발상에 관해 생각했다. 말없이 생각에 잠겨 있는 사이, 미야미즈 후타바가 흥미롭다는 표정으로 입을 열었다.

"조금 납득이 가지 않는다는 표정이시네요."

"아니요, 그렇지는…."

부정하려 했지만 미야미즈 후타바는 '사실 그렇지요?'라는 표정으로 미소를 짓고 있었다. 토시키는 체념하고 그렇습니다 하고 대답했다. 미야미즈 후타바는 왼쪽 어깨 위로 흘러내린 머리카락을 오른손으로 쓸어 넘긴 후에 토시키를 마주 보았다.

"지금 머릿속에 떠오른 생각을 들려주시지 않겠어요?"

속삭이는 듯한 아름다운 목소리였다.

'좋지 않은데.'

미조구치 토시키의 얼굴이 굳어졌다.

'당신의 이야기를 듣고 싶다'는 유혹적인 말이었다.

대부분의 연구자는 그 대사에 굶주려 있다.

그 역시 예외는 아니었다.

하지만 인터뷰를 진행하는데 듣는 사람이 자기 견해를 밝히는 일은 금기였다. 그러고 나면 거기에 맞춘 이야기 외에는 들을 수 없게 된다.

인터뷰 대상자가 듣는 사람이 만족하도록 그 견해에 맞추기 좋은 이야기만 하거나 무의식적으로 원래 이야기를 왜곡할 수도 있다.

토시키는 그런 이유를 설명했지만 미야미즈 후타바는 살짝 고개를 옆으로 기울이더니,

"그럴 수도 있지만, 저는 당신 이야기가 듣고 싶어요."

유혹적인 말 수준이 아니다.

이대로 넘어갈 지경이다.

"200년 전 당시의 이 신사에 있었던 신관들이 이즈모 계열의 축사를 도입한 일에 이상함을 느끼지 못했다. 어쩌면 오히려 그편이 훨씬 와 닿았다. 그건 중요한 실마리가 아닌가 싶습니다. 이 신사의 신앙의 줄기에서 토착신 계통에 대한 공감이 느껴지기 때문입니다. 이즈모는 쿠니츠 신의 총본산입니다. 그런데."

토시키는 생각을 털어놓고 싶은 욕망에 굴복하고 말았다.

그는 말을 이었다.

"시토리노카미다케하즈치노미코토는 천상신 계통에 속하니까 시토리노카미를 숭배하는 미야미즈 신사에 이즈모 계통 신앙에 대한 공감이 존재한다면 1차적으로 어울리지 않습니다. 하지만 이곳에 시토리노카미와 대립적인 위치에 서는 아메노카가세오를 고려하면 이야기가 달라집니다. 아메노카가세오는 별의 신이니 천상신 계열에 속하는 것으로 여길 수 있지만 그는 복종하지 않는 신이자 반항하는 신이니 오히려 토착신의 성격을 지니고 있다고 볼 수 있지요. 즉 미야미즈 신사는 원래 아메노카가세오를 믿던 별의 신사가 아니었을까 하는 생각이 듭니다."

미야미즈 신사의 무녀인 여자가 살짝 몸을 내밀었다.

그 자세에서 이야기를 더 듣고 싶다는 마음이 전해졌다.

"저는 오늘 아침에 구청에 가서 이토모리에 관해 조사를 했습니다. 이토모리 호수는 운석 호수, 즉 운석이 떨어져서 생겨난 호수라더군요."

그렇대요 하고 여자가 대답했다.

"옛말로 뱀을 카가시라고도 합니다. 율모기[山楝蛇]와 같은 한자를 쓰지요. 카가세오라는 명칭은 카카시에서 생겨났고 아메노카가세오는 하늘의 뱀, 즉 혜성을 뱀으로 비유한 명칭이라는 설이 있습니다. 뱀은 용과 같은 부류에 속합니다. 그러니까 아메노카가세오는 별의 신이자 용이기도 한 것이지요. 어쩌면 실매듭은 원래 뱀을 상징하는 물건이었는지도 모릅니다. 그러면 미야미즈 신사에서는 왜 천이 아니라 끈을 꼬는지에 대한 설명이 됩니다."

미야미즈 후타바가 고개를 끄덕였다.

참을 수가 없다.

"그리고 운석이 떨어집니다."

미조구치 토시키가 말했다.

"운석이 언제 떨어졌는지는 분명하지 않지만 별의 신을 숭배하던 마을에 별이 떨어진 겁니다. 많은 사람이 죽었지요. 죽음과 파멸은 재앙입니다. 별을 믿던 사람들이 별로 인해 재앙을 맞았고 어떤 의미에서는 '신에게서 배신당했다'고도 할 수 있지요. 그 재앙을 불식시키기 위해서 신앙의 대상을 바꾸었을지도 모릅니다. 아메노카가세오 신앙을 버리고 그의 천적인 시토리노카미 신앙을 도입한 것이지요. 뱀을 의미하는 실매듭은 뱀을 묶는 도구로 재해석되었습니다. 오늘 들은 모든 정보를 이용해 이야기를 이런 식으로도 재구성할 수 있겠다는 것이 저의 견해입니다."

질문이 있으시면 해도 괜찮습니다 하고 강의할 때처럼 말을 마무리하자 미야미즈 후타바는 소리를 내지 않고 웃었다. 그리고 이

렿게 말했다.

"처음에 혜성을 믿으며 끈을 꼬는 제사 의식을 지켜오던 카가세오 신사가 있었다… 운석이 낙하해서 마을을 파괴했기 때문에 그 신앙이 버려지고 별을 해치우고 승리하는 자인 시토리노카미 신앙이 도입되었다. 끈을 꼬는 습관은 시토리노카미 신앙에서도 통용되기 때문에 남겨졌다."

토시키가 하려던 말이 바로 그것이었다. 눈앞의 젊은 여자가 자신의 의도를 완벽하게 파악했음을 깨달은 토시키는 만족했다.

미야미즈 후타바가 시선을 아래로 향한 채 조용히 생각에 잠겼다. 미조구치 토시키는 그사이에 여자의 긴 속눈썹을 바라보았다. 속눈썹이 드리우는 그림자가 눈동자 위에 어리는 모습이 보일 정도였다. 여자는 잠시 후에 고개를 들었다.

"기존에 존재하는 정보를 잘 엮으셨어요. 학설로 성립하리라 생각합니다."

무녀는 토시키를 바라보면서 손끝으로 자기 손톱을 어루만졌다.

"하지만… 여기서 미야미즈가 추구하는 것을 느끼고 있는 제 감각과는 방향성이 많이 다르네요. 저희들에게는 결과물이 천이냐, 끈이냐는 그렇게 중요하지 않아요. 중요한 것은 엮고 짜는 행동에 있다고 생각합니다. 그렇다면 예전, 그러니까 운석이 떨어지기 전부터 엮는 일 자체가 신앙이고 엮어낸 물건을 신 앞에 바치는 제사 형태가 존재했다는 결론에 도달하기 때문에…."

즉 처음부터 베틀의 신을 모셨다는 것이 된다는 걸까.

즐겁다.

무척 유쾌했다.

위험할 정도로 마음이 활짝 열린다.

"논거가 있습니까?" 토시키가 물었다. "즉, 그 설을 뒷받침할 근거가."

"감입니다."

미야미즈 후타바는 아무런 망설임 없이 이렇게 대답했다. 이어지는 말은 무척 사랑스러운 미소와 함께였다.

"감이지만 미야미즈 가문의 직감은 무시할 수 없는 수준의 것이랍니다."

그 뒤로도 한동안 미조구치 토시키와 미야미즈 후타바는 이런 식의 대화를 반복했다. 용은 결국 어떤 존재를 비유한 것인가 하는 점으로 이야기가 되돌아왔을 때 토시키는 문득 등 뒤쪽의 창을 바라보았다. 그 창을 통해서는 이토모리 호수가 보이지 않았지만 마음속으로 호수를 상상했다.

"어쩌면 호수에는 아직도 용이 숨어 있지 않을까요."

혼잣말처럼 말해본다.

"네스 호의 네시처럼 관광 명소가 되려나요." 미야미즈 후타바가 가벼운 어조로 말을 받았다. "이토모리 호수이니까…."

"네시가 아니라 이토시라고 부를지도."

"사랑스럽다와 발음이 비슷해지네요."(주21)

두 사람은 함께 웃었다.

돌아가기 전에 현관 앞에서 미야미즈 후타바는 무척 밝은 표정을

주21) 일본어로 '이토시이(愛しい(いとしい)'는 사랑스럽다, 귀엽다는 뜻을 가진다.

지었다.

"또 오세요."

"예?"

"또 오실 거지요?"

"네에, 아마도."

토시키는 자기 마음에 솔직하게 대답했다. 그렇게 대답한 뒤에 토시키는 처음에 마음에 걸리던 점에 관해 물었다.

"제가 여기 왔을 때 당신은 저를 보고 놀란 표정을 지었습니다. 그 뒤에 환하게 웃었지요. 왜 그러셨습니까?"

미야미즈 후타바는 온화한 표정이면서도 살짝 난처한 빛을 띠며, 무시무시한 말을 내뱉었다.

"왜인지 잘은 모르지만 처음 만났을 때 제가 당신과 결혼할 거라는 생각이 들었어요. 왜일까요. 이상하지요."

태연하게 이렇게 말한 후에 미야미즈 후타바는 자기가 한 말의 의미를 깨달았는지,

"어머, 제가…."

뺨에 손을 대고 얼굴을 돌렸다.

"이상하네요. 저기… 이상하지요?"

3

그 뒤로 몇 번이나 미야미즈 후타바를 만났다. 만나는 동안, 토시키는 이것은 연구의 일환이라고 스스로에게 강하게 되뇌었다.

미야미즈에 전해 내려오는 신악무에도 흥미를 느꼈다. 미야미즈의 신악무는 '마유고로의 큰 불' 이후에도 거의 소실되는 일 없이 전해 내려왔다고 했다. 무용을 습득하는 데는 시간이 꽤 오래 걸리기 때문에 몇 명의 여자들이 어릴 때부터 교육을 받았다. 신악무 중에는 군무도 있었기 때문에 마을 처녀들 중에서도 배우는 사람이 있었다. 그래서 쉽게 이어 내려올 수 있었다고 했다. 하지만 그 신악무가 무엇을 표현하는가는 대화재 이전에 이미 알 수 없어진 상태였다고 했다.

이런 이야기를 나누는 사이에 미야미즈 후타바는,

"보여드릴까요?"

"예?"

"지금 신악무를 보여드릴까요?"

말과 함께 미야미즈 후타바는 이미 자리에서 반쯤 일어난 상태였다. "신악전으로 오시죠. 격자문을 내려둔 상태라 좀 어둡지만요."

축제 때가 아닌 평소의 신악전을 안쪽에서 볼 수 있는 기회는 드물었다. 신악무를 출 때에는 모두 떼어버리는 세 면의 벽이 지금은 다 내려와 있었고 조명은 천장에 설치된 희미한 오렌지빛 전구뿐이었다. 그 빛은 노랗게도 보였다. 창이 전혀 없고 작은 입구만 한쪽에 있는 사각형 공간에 있으려니 '밀실'이라는 표현이 뇌리에 떠올랐다.

그 밀실에 미야미즈 후타바가 나타나자 두 사람이 되었다.

미야미즈 후타바는 배전에서 손잡이가 달리고 실매듭을 장식한 금색 방울을 가지고 왔다.

"녹화해도 될까요?" 토시키가 디지털 카메라를 꺼내며 물었다.

"네, 그러세요."

그 녹화분을 지금도 때때로 재생해보곤 한다.

미야미즈 후타바 하면 토시키는 흰색의 이미지를 떠올린다.

그녀 주변에 아주 희미하게 흰빛이 맴도는 느낌을 받았기 때문이다. 물론 착각이었다. 그녀는 늘 어딘가에 흰색 물건을 하나 정도 몸에 지니고 있었다. 그 덕분에 하얀 이미지가 강하게 인상에 남아 있는 것이리라.

그런 것이 분명할 텐데 눈을 감으면 그 암흑 속에서 빛나 보이는 부분이 있고, 그것으로 그녀가 있는 위치를 알 수 있을 것처럼 느껴진다.

좋지 않다….

미조구치 토시키는 자신이 타인에게 마음이 흔들리지 않는 사람이라고 생각했다.

상황에 따라서는 얼마든지 싹싹하게 굴 수는 있지만 다 연기에 불과했다.

타인과 관계를 맺는 일 따위는 기본적으로 어떻게 되건 별로 상관없었다.

특별히 곤란함을 느낀 적도 없었다.

그런 인생이 편했다.

그런 유치한 방어 기제가 무너진다. 그저 만나는 것만으로 너무나 쉽게 무너졌다.

지금까지 쌓아올린 벽돌이 허물어졌다.

이건 업무상의 인터뷰라고 스스로에게 되뇌었다.

그렇게 스스로를 설득하는 일이 효력을 잃는 순간이 찾아왔다. 토시키의 의사와는 반대되는 경험이었다. 자기 의사가 지금까지 향하던 방향과는 다른 방향으로 굴러 떨어지는 감각은 기묘했다. 뒤에서 발치가 무너져 내리는 느낌이 들었다.

그런 추락할 때와 같은 감각 속에서 토시키는 앞으로 나아가는 길에 무수한 장애물이 존재할 것이며 큰 대가를 지불해야 할 것임을 확신했다.

그가 지금까지 쌓아올린 모든 것을 잃게 되리라.

좋아, 어디 해보자.

앞으로 손에 넣을 것에 비하면 별것 아니다.

미조구치 토시키는 드디어 체념했다.

확실히 나는 이 여자와 결혼할 모양이다.

토시키가 후타바에게 그 말을 했을 때 두 사람은 이토모리 호숫가에 서 있었다. 후타바는 토시키의 양손을 잡고 앞으로 쓰러지듯이 안기면서 목덜미에 입을 맞추었다. 후타바는 토시키가 눈대중으로 짐작했던 것보다 키가 작았다. 그 사실이 의외로 느껴지는 이유는 후타바의 존재감이 토시키의 마음속에서 거대하다는 표현이 어울릴 정도로 컸기 때문일지도 모른다.

바람이 불어오자 호수 표면은 물결을 일렁이며 빛을 반사하면서 반짝였다. 그 바람이 호수를 지나서 몸을 기분 좋게 스쳤다. 푸르른 산의 향기가 느껴지는 것 같았다. 주변에 있는 모든 것이 아름다웠지만 그 안에 서 있는 두 사람은 아직 굳은 표정을 짓고 있었다. 앞으로 잃을지도 모르는 것들과 확실히 잃게 될 것들을 떠올리고 있었기 때문이다.

후타바의 어머니, 그러니까 미야미즈의 궁사인 미야미즈 히토하는 심각한 표정을 지으며 결혼을 반대했다. 외동딸이 만난 지 얼마 되지 않은 남자와 결혼을 하겠다고 나섰으니 당연한 반응이었다. 하지만 딸이 설득은커녕 야단을 맞아도 굽히지 않으리라는 사실을 직감한 어머니는 깜짝 놀랐다. 이 모녀는 지금까지 별로 가치관의 차이를 크게 느낀 적이 없었기 때문이다.

후타바는 완고하게 주장을 굽히지 않았다. 그녀가 어떻게든 결혼하겠다며 양보하지 않자 대화 도중에 어머니는 몇 번이나 난처한 표정을 지었다.

모녀 사이에 며칠 동안 등골이 오싹할 정도의 거친 말싸움이 오갔다. 토시키는 끼어들 수 없었다. 그러면 이야기가 잘못될 가능성이 높았다. 이 일은 반드시 후타바가 정면 돌파해야 했다.

미야미즈 히토하는 자기가 잘 모르는 사람의 혈통을 미야미즈가에 들이는 것에 진심으로 부정적이었지만 결국 고집을 꺾고 말았다.

체력이 강한 쪽이 승리했다는 인상이 강했다. 하지만 히토하가 차분히 사태를 이해하려 노력하는 사이에 어느 정도 포기의 경지에 들어선 탓도 있다고 볼 수 있다. 지금까지 사윗감을 신중하게 고르고 있었는데 다 소용 없었구나 하고 미야미즈의 궁사는 중얼거렸다.

대신 미야미즈 히토하는 토시키에게 한 가지 조건을 내걸었다. 결혼을 인정하는 대신 미야미즈가의 데릴사위로 들어오라는 것이었다. 지금 직업을 포기하고 미야미즈 신사에서 일하라고 했다. 후타바는 이 두 가지 조건을 거부하려 했지만 그렇게까지 어머니에게 양보하라고 고집을 부릴 수도 없었다.

직업을 포기한다. 데릴사위로 들어간다. 바라던 바였다. "알겠습니다." 토시키는 그 조건을 순순히 받아들였다. 어차피 그렇게 될 수밖에 없는 이야기였다.

미조구치 가문은 나라의 유서 깊은 가문이었다. 토시키는 장남이었다. 그의 집안은 땅부자였다. 토시키는 대학에서 근무하기 위해서 교토의 아파트에 살고 있었지만 가족과 다른 일족들은 그가 언젠가는 고향으로 돌아오리라 생각하고 있었다. 그리고 그 고향집 가까이에는 집안끼리 정해놓은 약혼자도 있었다.

결혼에 그다지 흥미가 없었기 때문에 가족이 결혼을 두고 이러저러하는 것을 내버려두었더니 주변에서 멋대로 이야기를 진행시켜 거절할 수 없는 단계에 이른 상태였다. 그리고 절반 정도는 우연이었지만, 약혼 상대는 직업상 은사에 해당하는 분의 손녀였다.

무수한 장소에서 길고 긴 대화가 이루어졌다. 토시키는 무척 열심히, 그러나 표면상으로는 냉정하게 사정을 설명했다. 그런 냉정함이 상대의 분노를 오히려 부추겼다. 그들은 격노했고 격노한 인간은 격노라는 감정 표현의 본질적인 추함을 외면하기 위해서 상대에게도 같은 수준의 격렬한 감정 표현을 요구한다. 그러나 그런 무의식적인 기대를 배신당하면, '네가 나쁘다'는 지적을 받은 기분을 느끼며 더욱더 화를 내게 된다. 악순환이다.

머릿속으로 그런 분석을 진행하면서 토시키는 계속 설명했다. 설득은 무의미하게 반복되었다. 같은 질문을 계속 받았고 같은 대답을 했다. 그 사이에도 여전히 격렬한 감정은 드러내지 않았다. 그럴 필요가 없다고 생각했기 때문이었다. 몇 번이나 모욕적인 말을 들었지만 화도 내지 않았다. 토시키는 타인이 자신의 인격을 비판하는 것에 따라서 자신의 가치가 좌우되는 것은 아니라고 생각했다. 그렇게 당당한 자세로 논의라 부를 수 없는 반복되는 대화를 끈질기게 견디던 토시키였지만 일정선 이상은 양보하지 않았다. 야단도 맞았고 애원도 들었다. 사람들은 그에게 울며 매달리기도 하고 협박을 하기도 했으며 설득하기도 했다. 빈정거림도, 침묵도 있었다. 무작위로 눈이 돌아갈 정도로 정신없이 나타났다 사라지는 그런 상황을 토시키는 지켜보았다.

그럼에도 불구하고 그의 마음은 변함없었다.

이 사람들 중에는 그의 마음을 움직일 수 있는 자가 한 명도 없었다.

의도한 바는 아니었지만 결과적으로 그 사실을 확인하는 작업이 되고 말았다.

훌륭하다.

이런 뭐라 말할 수 없는 깨달음을 얻다니.

그는 마음을 움직이는 존재를 발견했고 곧 그녀를 손에 넣을 예정이었다.

그 사실을 역설적으로 확인하는 계기가 되었다.

마치 뒤틀린 형태로 축복을 받는 것 같은 기분이었다.

역설적 축복이다.

집에서 최종적으로 '나가라, 두 번 다시 찾아오지 말고'라는 예상대로의 대사를 들었고, 이후 장례식 때 외에는 서로 얼굴을 보는 일이 없게 되었다. 그래도 별로 상관없었다.

대학도 그만두었다. 당시 유서 깊은 대학의 연구실에서는 사제 관계가 도제 제도와 비슷했기 때문에(특히 이 분야는 그렇다) 은사와 그 손녀의 체면을 구기고도 그 분야에 남아 연구를 계속하기는 어려웠다. 하지만 그 역시 별로 상관없었다. 토시키의 분야는 대학에 남아서만 연구할 수 있는 분야가 아니었다.

이렇게 돌아갈 곳을 잃은 미조구치 토시키는 이토모리 마을의 신사 옆에 있는 미야미즈 저택으로 들어왔고 '미야미즈' 토시키가 되었다. 옛 집에서 가져온 짐은 테크닉스의 레코드 플레이어와 마란츠의 앰프, 그리고 탄노이의 스피커와 LP 딱 백 장(그중 35장은 글렌 굴드). 이외에는 옷과 펠리컨 만년필, 그리고 구식 컴퓨터뿐이었다. 책은 가지고 이사할 수 있는 양이 아니었기에 모두 대학에 기부했다. 고양이는 지인에게 억지로 맡겼다.

방바닥에 둔 접이식 나무 의자에 앉아서 짐 정리를 하고 있을 때 후타바가 찾아왔다.

"여보."

혼인 신고를 하기 전부터 후타바는 그런 호칭을 썼다. 여보라는 호칭은 신선한 경험이었다.

후타바는 괴로운 표정을 짓고 있었다. 토시키의 일에 대해 괴로움을 느끼고, 그럼으로써 스스로도 강한 아픔을 느끼고 있는 사람의 표정이었다. 후타바의 그런 표정을 본 토시키도 괴로워졌다.

그 긴 속눈썹을 손가락으로 어루만져주고 싶어진다.

"괜찮아."

후타바를 끌어안고 허리에 팔을 감았다.

"당신을 손에 넣을 수 있으면 다른 건 아무것도 필요 없어."

말 그대로의 의미였다. 돌이켜보니 제정신으로는 하기 힘든 말이기도 했다.

비웃을 줄 알았는데 후타바는 그 말을 진지한 표정으로 받아들였다.

"고마워…."

그렇게 부부가 되었다.

4

후타바의 어머니는 한동안 꺼림칙한 표정을 지었지만 결국 토시키를 받아들였다.

그러자 이토모리 측의 일은 순식간에 진행되었다.

피로연은 거행하지 않았다. 하지만 식은 당연히 신전 앞에서 거행했다. 당연하게도 미야미즈 히토하가 모든 예식을 거행했다.

거리도 멀었고 교통도 편하지 않은 지역이었기 때문에 토시키가 부른 개인적인 친구들 중에서 이토모리까지 와서 결혼식에 참석한 사람은 다섯 명뿐이었다. 다섯 명이나 왔다는 사실도 놀라웠다. 한편 신부 측은 마을 사람이 전부 모인 것이 아닐까 싶을 정도로 사람이 모여들었다.

그렇게 일이 진행되는 것을 보면서, 한 가지 예감할 수 있는 것이 있었다.

"어머니가 하는 일은 언젠가 당신도 할 수 있어야 해. 우리가 가르쳐줄게."

"…신전 예식을 주최하는 사람이 되라고?"

"그래. 결혼식은 역시 남자 신관이 거행하는 편이 있어 보이니까. 돌아가신 우리 아버지도 하셨어."

"아버님도 고생하셨겠는걸."

느긋하게 대꾸하기는 했지만 속으로는 큰일 났다고 생각했다.

신관의 행동은 사소한 것까지 모두 정해져 있었다. 인사를 하는 방식이나 홀을 쥐는 방식부터 어느 발을 먼저 내미는지, 손끝의 움직임을 어떻게 하는가까지 전부 말이다.

그런 사실 정도는 당연히 알고 있었고 앞으로 그런 일을 배우게 되리라고는 생각했지만 설마 결혼식 책임자가 될 정도의 능력을 요구받게 될 줄은 몰랐다.

토시키가 처음으로 미야미즈 신사에 '출근'한 날, 나중에 나타난 장모는 말했다.

"모두 후타바에게서 듣거라."

이 남자가 제대로 해내기는 할까? 라는 의심을 담고 있기는 해도 방치하는 기색은 느껴지지 않았다.

"후타바는 나나 다른 누구보다도 확실한 미야미즈다. 후타바가 가르치면 틀림없을 게야."

장모가 아직 건강하고 성격이 유해지기 이전의 이야기였다. '미야미즈다'라는 표현이 무슨 의미인지 토시키는 아직도 잘 모른다.

수행이라고 부를 정도로 정형화되지는 않았지만 신관이 되기 위한 공부를 시작했다. 의복을 입고 벗는 방법과 개키는 방법부터 시작해서 인사하는 방법과 도구를 다루는 방법, 그리고 사고방식까지, 이런 모든 것을 후타바가 토시키에게 가르쳤다.

미야미즈 신사는 신사 협회에 소속되어 있지 않아서 다른 신사와는 다른 식으로 일을 진행했기에 예비 신관들을 위한 강습을 받으러 가거나 고쿠카쿠인 대학(주22)에 다니지는 않아도 되었다.

하지만 차라리 그러는 편이 나았다.

'가르치는 방법이….'

가족이어서 가차 없었다.

밤낮으로 늘 스승과 함께하는 생활이었다. 긴장을 풀 수 없어서인지 스스로가 서서히 '신주(神主)님'으로 변해가는 실감이 났다. 구성 요소가 척척 조립되어가는 소리가 들리는 것 같았다.

유일하게 축문만은 전 직업 덕분에 옛날 말을 쓸 줄도, 읽을 줄도 알았기 때문에 고생하지 않고 배웠다. 그 점만은 편했다. 하지만 '축문'이라고 말하면 "'신위'입니다"라고 용어를 지적당하곤 했다.

그렇게 이토모리 마을과 미야미즈 신사에서의 생활에 익숙해질 즈음, 점점 이해가 가면서 동시에 더욱 놀라게 되는 부분이 생겼다.

주22) 고구가쿠인대학: 國學院大學. 신도학과 민속학으로 유명한 일본의 대학교.

이 이토모리 마을에서 미야미즈 후타바의 영향력은 보통이 아니었던 것이다.

토시키의 부인이 된 미야미즈 후타바는 아직 스물다섯 살도 채 되지 않았다. 하지만 나이가 열두 살 이상 차이가 나는 토시키가 어린놈 취급을 당하는 일이 있을지언정 후타바는 어린 계집 취급을 당하는 적이 결코 없었다.

굳이 말하자면 그 반대였다.

일반적인 척도로 보면 이제야 겨우 아이 취급에서 벗어난 나이에 불과한 후타바가 이 마을에서는 '매우' 존경받고 있었다.

토시키가 조용히 관찰해본 바에 의하면 마치 후타바의 몸에서 수수께끼의 아우라가 뿜어 나와 이토모리 주민들에게만 보이는 게 아닐까 싶을 정도였다. 특히 노인들은 후타바를 마치 신앙 대상으로 취급하는 듯이 보이기도 했다. 히토하도 존경을 받았지만 후타바보다는 존경의 정도가 낮았다.

예전에 연구 조사의 일환으로 이토모리 마을을 오갈 즈음 나이 든 분들에게서 들은 바에 의하면 미야미즈 신사는 역사적으로 신앙의 중심이자 동시에 이 땅의 호족이기도 했다. 미야미즈의 여인이 앞에 서서 명령을 하면 마을 사람들은 결코 거역할 수 없는 시대도 있었다.

전쟁 후 사회 제도가 변하면서 그런 분위기는 사라졌지만 나이 든 사람들 중에는 아직도 그런 생각을 지닌 사람이 있었다.

후타바가 지니고 있는 세상과 동떨어진 독특한 분위기가 사람들의 기억 속에 남아 있던 과거의 지배 체제에 대한 기억을 일깨우는

지도 모른다.

당시 90세였던 이토모리에 거주하는 한 노인은 '후타바 양의 몸에는 신이 깃들어 있는 것 같다'는 취지의 발언을 남겼다.

당시의 기록이 존재한다.

나이 탓인지 발음을 제대로 알아듣기 힘들었지만 이런 식이었다.

『나는 말이네, 아, 아니지, 선조 대대로 말이야, 미야미즈가의 씨족이라네.

그래서 계속, 그 사람들(주 : 미야미즈 가족을 말한다)을 알고 지냈는데 말이지.

토요코 씨, 세츠코 씨, 고토코 씨, 고토하 씨, 히토하 씨, 후타바 씨. 계속 지켜봤지.

토요코 씨는 내가 어린 시절에 축제에서 잠깐 만났을 뿐이지만 말이네. 고토하 씨는 잘 알지. 동급생이었어.

그렇지만 이번 후타바 씨라는 사람, 그게 아주 훌륭해.

아아, 그거라고 하면 안 되지. 그분은 훌륭해. 빛나시니까 말이야.

잘은 모르지겠만 그분 안에 신이 깃들어 있는 것 같네.

얼굴이 미인이지만 미인이어서가 아니야.

우리 집에도 신단이 있어서 참배를 드리기는 하지만, 그건 그저 평범한 습관 같은 거지.

그런데 후타바 씨라는 사람을 보면 신을 믿어도 괜찮지 않을까 하고, 그렇게 생각할 때가 있네, 그려.

왜일까. 설명하기는 어려운데 말이야, 뭐라고 해야 할까.』

이런 주민들의 의식 탓인지 마을 사람들은 망설이거나 고민되는 일이 있으면 후타바에게 찾아왔다. 그리고 후타바의 의견을 매우 중요하게 받아들였다.

하지만 그들의 의논 내용은 토시키의 입장에서는 이해하기 어려운 것이었다.

인간관계에 고민하고 있거나 나이를 먹고 의욕이 사라진다거나 하는 것은 평범한 고민이지만, 세상에 있을 법한 절실한 고민이니 이해가 가기도 한다.

관절에 통증이 느껴져서 병원에 가야 하는데 A병원과 B병원 중 어느 쪽이 좋을까.

기르는 소가 기운이 없는데 어떻게 하면 좋을까.

전문가에게 묻거나 점술사에게 묻고, 정 안 되면 뽑기라도 해서 결정하라는 생각이 든다.

'요즘이 어떤 시대인데.'

마을에 현자로 불리는 노인이 살고 문제가 발생하면 그 사람에게 의논하는 촌락 중심적 생활 습성은 아무리 가까워도 다이쇼 시대 정도까지나 가능했고 쇼와 시대에는 이미 사라졌다.

마치 라쿠고(주23)에 등장하는 에도 시대 같다. 골목의 은거자(주24) 말이다.

그런 점도 놀라웠지만 토시키가 그보다 더 놀란 이유는 후타바가 그들에게 제공하는 조언이 일관적이고 정확하다는 점 때문이었다.

'그렇게 말할 수도 있구나' 하고 무릎을 치게 만들 설명을 하고 결

주23) 라쿠고: 일본의 독특한 전통적인 이야기 예술로 주로 세상 이야기를 해학적·풍자적으로 들려준다.
주24) 라쿠고에서 하는 이야기 중 하나.

론을 낸다. 그 결론은 옳았다.

마치 '이 세상의 모든 의문에 대한 올바른 대답이 적힌 책'을 지니고 있어서 그 책을 늘 참고 삼아 대답하는 사람 같다는 생각이 들 정도였다.

후타바는 고등학교를 졸업하고 얼마 되지 않을 즈음부터 이런 식으로 마을 사람들의 의문에 대답했다고 했다.

토시키는 대체 어디에서 상담할 때 적절하게 대답하는 능력을 습득했는지 물어보기도 했다. 하지만 언제 어디서 특별히 한 것은 없다며, 후타바 스스로도 잘 알지 못하는 것 같았다.

어느 밤, 토시키는 서재로 사용하는 외떨어진 일본식 방에 있었다. 이 집에는 방이 남아돌아서 얼마든지 사용할 수 있었다.

조명을 전구색 램프가 달린 독서용 라이트만 켜고 좌식 의자에 기대어 모차르트의 피아노 소나타를 들으며 연희식 축사 연구서를 읽고 있으려니(헤이안 시대의 궁중 축사문 예시집이다) 미닫이문이 열리면서 후타바가 들어왔다.

아무 말 없이 피아노 음색 사이로 들어선 후타바는 외로워졌는지 그를 끌어안았다.

무릎 위에 올라앉아서 토시키의 머리를 끌어안았다.

토시키는 책을 바닥에 내려놓고 팔을 뻗어 후타바의 등을 어루만져주었다.

블라우스 감촉이 기분 좋았다. 손가락에 블라우스 안쪽의 피부가 느껴졌다. 그 매끈한 피부에 닿는 감촉이 좋았다. 토시키는 후타바의 부드러운 가슴에 얼굴을 묻고 그녀의 심장 소리를 들으려 했다.

지금까지 후타바는 외로울 때 어떻게 시간을 보냈을까.

친구는 얼마든지 있었으리라.

하지만 사람의 체온이 그리울 때 끌어안을 수 있는 상대는 이토모리 마을에 없었을 것이다. 이토모리 마을에서는 그런 사람을 만날 수 없다.

후타바는 자세를 바꾸어 귓불에 매달리듯 목에 팔을 감았다. 귀가 무척 마음에 드는 모양이었다. 그녀가 귓불을 만지면 작은 소리가 고막을 간질였다.

어쩌면 말로 할 수 없는 무엇인가를 전하려 하는지도 모른다.

5

"이 세상의 모든 것은 있어야 할 곳에 있는 법이야."

아침에 토시키는 공양물을 신전에 바치면서 그러고 있는 스스로에게 이상함을 느꼈다.

몸의 움직임도, 머리도, 막히지 않고 신위를 읊을 수 있게 된 입도 모두 훌륭한 '신관'으로 변해가고 있었는데 의식은 아직 몸을 따라가지 못했다.

그날 밤에 토시키가 집에 돌아왔을 때, 한동안 신사에 드나들지 않기로 한 후타바는 방석에 앉아 느긋하게 빨래를 개키고 있었다. 토시키는 그녀를 도우면서 특별히 결론을 낼 생각이 없는 대화를 나누었다. 대화 도중에 "아직도 미야미즈가에 이렇게 있다는 사실이 이상해" 라고 중얼거리자 후타바는 만물이 있어야 할 곳에 있듯이 당신도 그런 것이라는 의미의 말을 했다.

대단한 말이다. 마치 선언 같다.

토시키가 이 마을에 찾아와서 이 집에 머물게 된 데에는 어떤 의미가 있다는 말처럼 들린다.

"이 애도 어떤 의미가 있어서 여기에 태어나는 거고."

후타바는 착실히 커져가는 배 부분을 어루만지며 눈을 내리깔고 무척 편안한 표정을 지었다. 이어서 그녀가 토시키의 손을 잡아 자기 배에 올려놓았다.

토시키에게는 어떤 의미가 있어서 자기가 태어났다는 실감이 든 적이 없었다. 자기 의지와 상관없이 태어났지만 태어난 뒤에는 자기 의지로 선택을 반복했다. 이 이토모리에서 신관 일을 시작한 데에는 이상한 기분이 들었지만 자기 의사와 상관없이 이곳에 머문다는 생각은 들지 않았다. 무엇을 선택하느냐에 의해서 직접 결정하고, 선택에 의해서 자신이 존재한다. 토시키는 그런 존재주의에 기반한 사고를 지니고 있었다.

'이 아이를 세상에 존재하게 만들기 위해서 나는 태어났다'는 감각조차 토시키에게는 없었다. 그것은 자유 의사의 존엄성을 흐리게 만드는 사고방식이었다. 그는 그의 의지에 따라 결혼하였고 이곳에 살기 시작했으며 아이를 만들었다.

하지만 그런 토시키조차,

'반은 나로 인해 만들어진 새로운 인간이 곧 태어나는 건가.'

이런 생각을 하면 알 수 없는 감각이 밀어닥치곤 했다.

굳이 시각적인 이미지로 비유하자면 시간의 터널 끝에서 우주를 발견한 듯한 기분이다.

잇닿아 있는 무엇인가다.

후타바의 첫 출산은 예정보다 빠르게 시작되었다. 그때 토시키는 문화인류학 관련 연구회 일로 아오모리 현의 호텔에 머물고 있었다. 모임 후에 친목회라는 의미를 알 수 없는 자리에서 억지로 웃음을 짓고 있을 때 휴대전화가 울렸다. 후타바로부터 문자가 도달한 것이다.

'태어날 것 같아서 구급차를 탈 예정입니다.'

너무나 느긋한 문장이구나 하는 생각에 이어서 의식이 사태를 파악했다. 토시키는 새파랗게 질렸다.

비행기 좌석이 없었다. 급히 잡아 탄 도호쿠 고속 열차가 태풍 때문에 멈췄다. 도쿄에서는 도카이도 고속 열차의 막차가 떠나버렸다. 결국 렌터카를 빌렸다. 도나이 고속도로를 논스톱으로 달렸다. 아이치 현을 경유해 기후 현에 접어들고 이토모리 마을이 있는 Z 군까지 달리는 시간이 무한대로 길게 느껴졌다. 종합병원으로 가서 정면 현관으로 뛰어들다가 시간이 늦어서 잠겨 있던 자동문에 머리를 부딪치고 말았다. 다시 뒷문으로 향했다.

병실의 묵직한 문을 열자 침대 위에 후타바가 누워 있었다. 침대 옆에는 인큐베이터가 놓여 있었고 갓난아기가 안에 들어 있었다.

토시키는 한동안 네모난 병원의 크림색 공간과 그 중심에 존재하는 물체를 바라보며 멈춰 서 있었다. 방의 중심에서 주변으로 무엇인가가 따스하게 퍼져 나왔다. 문을 열기가 무섭게 그 온기가 자신을 휘감는 느낌이 들었다.

다가가보니 후타바는 깨어 있었지만 축 늘어져 있는 상태였다.

"어땠, 어?" 라고 물었다.

"놀랐어."

토시키는 작게 웃었다. 출산한 기분이 '놀랐다'라니.

후타바가 손을 뻗기에 그 손을 잡았다. 후타바의 손을 잡은 채 인큐베이터 안을 들여다보았다.

그곳에 누워 있는 존재는 물에 담갔던 것처럼 촉촉하고 주름투성이인데다가 붉었다.

아기는 온몸이 새빨갰다.

토시키는 새끼손가락을 뻗어 아직 작은 아이의 작은 손을 만졌다. 남자 어른의 손으로 잡았다가는 부러질 것 같아서 이렇게 살짝 댈 수밖에 없었다.

이상했다.

아직 인간의 모습조차 갖추지 못한 상태였던 이 아이는 곧 후타바와 닮은 사람이 된다.

바람도, 예측도 아니다. 그 사실을 이미 알고 있었다. 알고 있다는 그 사실이 무척 이상했다.

"여보, 이름 말인데…" 후타바가 말했다.

태어날 아이가 딸이라는 사실은 이미 알고 있었다. 알고 있었기에 지금까지 여자아이의 이름을 몇 십 개나 종이에 썼다 지우기를 반복했다. 오늘까지 남아 있었던 이름 후보도 열 개 정도 된다. 하지만….

"미츠하."

지금까지 준비했던 어떤 이름도 아니다.

후타바가 살짝 놀란 표정을 지으며 그건? 하고 고개를 갸웃거렸다.

"이 이름밖에 없어."

미야미즈 가문의 후계자이기에 앞서, 이 아이는 후타바의 분신이었다. 그러니까 후타바의 다음으로 이어질 이름이어야 한다.(주25) 그렇게밖에는 생각할 수 없었다.

"이상하네…." 후타바가 말했다. "이 애가 태어났을 때 나도 그이름뿐이라고 생각했어."

차마 닿기조차 주저했던 미츠하의 작은 손이 새끼손가락을 잡았을 때, 마음이 그대로 빨려나가는 게 아닐까 하는 생각이 들었다. 토시키는 지금도 그때의 일을 분명하게 기억하고 있었다.

미츠하는 손이 덜 가는 착한 아이였다.

다섯 살 때까지는 생각보다 후타바와 닮지 않았다고 생각했는데 초등학교에 들어가고 얼마 지나지 않아 어머니와 비슷한 분위기를 풍기기 시작했다.

"하지만 당신과도 닮았어."

"그런가."

"고집스러운 점이 똑같아."

토시키는 그 평가에 동의할 수 없었다.

토시키가 물었다.

주25) 후타바, 미츠하, 요츠하는 '二葉', '三葉', '四葉' 라는 한자를 쓴다.

"미츠하가 고집스러워?"

"그럼."

마음에 걸리는 점이라고는 미츠하가 다른 아이들보다 잘 웃지 않는다는 것 정도였다. 그러나 잘 생각해보니 토시키 본인도 그렇게 잘 웃지 않는 성격의 소유자였다. 아이 시절부터 그랬었다. 즉 그런 점은 아버지를 닮았다는 의미다.

이 무뚝뚝한 아버지에게 미츠하는 친근하게 굴었다. 휴일에 토시키가 툇마루에서 햇볕을 쬐며 책을 읽고 있으면 그림책을 든 미츠하가 등 뒤에서 발소리를 내며 다가와서 "아버지" 하고 불렀다.

그림책을 읽어주기를 바라는 것은 아니다. 미츠하는 토시키의 눈앞에 털썩 주저앉은 후에 진지한 표정으로 책을 펼쳤다. 그리고 금세 책 속으로 빨려 들어갔다. 그 모습을 지켜본 후에 토시키도 다시 자기 책으로 시선을 돌렸다.

햇살이 비쳐드는 긴 툇마루 위에 아버지와 어린 딸이 마주 보고 앉아서 각자 책을 읽는다. 후타바가 그 모습을 보고 웃다가 어머니, 어머니, 잠깐, 잠깐만요 하고 히토하를 불러와 그 모습을 보여준다. 아이구 하고 히토하도 웃는다.

후타바와 같은 특수한 재능은 이 즈음에는 별로 드러나지 않았다. 토시키는 진심으로 잘되었다고 생각했다. 너무 특별한 재능이 있으면 주변 사람들이 이토모리에서 벗어나게 두지 않는다는 사실을 후타바를 통해 배웠기 때문이었다. 가급적이면 대학도 보내고 싶고 취직해서 바깥 세상의 경험을 손에 넣을 기회를 주고 싶었다. 좋아하는 일을 하게 해주고 싶기도 했다.

미츠하가 초등학교에 들어가고 얼마 지나지 않아 차녀인 요츠하가 태어났다. 이때도 예정일보다 무척 빠른 출산이었고 토시키는 오카야마에 있었다. 이토모리에서 나고 자랐지만 외부로 떠난 사람들 중에는 집을 지을 때 반드시 미야미즈 신사의 신관을 불러 지신제를 올리고 싶어하는 사람들이 있었기 때문이었다.

이때에는 출산 전에 도달할 수 있었다. 분만실 앞 복도에서 히토하와 함께 그저 오락가락할 수밖에 없었지만 말이다.

분만실과 복도를 구분하는 무거운 수지제 문이 열리는 순간 토시키는 안으로 뛰어들었다. 예전과 마찬가지로 아기를 보기 전에 또다시 정체를 알 수 없는 감동이 토시키 주변을 휘감았다.

토시키는 그 감각의 정체를 몰랐다. 나중에 가서야 그것이 자기보다 중요한 존재가 이 세상에 또 하나 늘어난 사실에 대한 떨림임을 깨달았다.

정말 이상한 일이 한두 가지가 아니다.

어제까지 이 아이는 존재하지 않았다.

지금은 존재한다.

아직 쭈글쭈글한 이 아이도 언젠가 후타바처럼 크리라. 그 사실이 이상했고 그 사실을 지금 이 순간 확신할 수 있는 점도 이상했다. 딸이라는 사실은 검진 덕분에 알고 있었지만 그전부터 딸이 태어나리라고 예상했던 점도 이상하다.

"이름은 뭐라고 지을까?" 토시키가 물었다.

후타바는 축 늘어진 상태로 웃었다. "요츠하로 안 지으면 나중에 미츠하나 이 아이 둘 중 하나가 화를 낼 것 같아."

"어느 쪽이 화를 내려나."

"둘 다?"

6

"그러면 감자 껍질을 까는 방법을 가르치도록 하겠습니다. 칼을
사용하니까 조심하도록 해. 위험하다고 생각하면 빨리 손을 떼고."

부엌에서 후타바가 이렇게 말하자 흰 장갑을 끼고 앞치마를 두른
미츠하가 진지한 표정으로 고개를 끄덕였다. 부엌 식탁 위에는 도
마와 어린이용으로 보이는 작은 과도가 준비되어 있었다.

그때 토시키는 한 살이 된 요츠하를 안고 한 손으로 기후 현 민요
집을 읽고 있었다. 아직 칼을 다룰 나이가 아니지 않나 싶은 생각이
든 토시키가 질문을 던지자,

"아이가 최대한 위험하지 않을 방법을 연구했어."

후타바는 자신만만한 표정으로 이렇게 말한 뒤에,

"이 애들에게는 가급적 빨리 많은 걸 가르쳐줘야 하니까."

그때에는 그냥 그런 줄 알았다.

미츠하는 어머니에게서 배운 대로 진지한 표정으로 도마 위에서
감자 껍질을 깠다. 시선을 감자에 고정한 상태로,

"엄마…."

"왜애?"

"이거 되게 귀찮아…."

"그래. 그래서 도움이 필요한 거야. 잘하네."

토시키는 그런 모녀의 모습을 안 보는 척하며, 계속 보고 있었다.

어쩌면 저렇게 귀여울까.

웃음이 입가에서 떠나지 않았다.

요츠하가 기분 좋게 새근새근 잠들어 있는 얼굴을 계속 바라보는 순간에도, 웃음은 멈추지 않았다.

후타바가 죽은 것은 그로부터 2년 뒤였다.

면역 세포가 폭주하는 병이라고 들었다. 몇 번을 들어도 토시키는 병명을 기억할 수 없었다. 의식이 병명을 거부했는지도 모른다.

처음에 후타바는 두통과 허탈감을 호소했다. 그때 이미 병은 제법 진행된 상태였다. 숨기고 있었던 것이다. 이미 일을 할 수 있는 상태가 아니었다. 의사를 찾아가기는 했지만 아직 병명은 밝혀내지 못한 상황이었다.

어째서인지 후타바는 입원 검사를 완고하게 거부했다.

후타바는 자기가 집에 있어야 한다는 의미의 말을 계속 했고 미츠하에게 여러 가지를 가르쳤다. 미츠하에게는 이렇게 말하기도 했다. "요츠하에게는 나중에 네가 가르쳐주렴."

불길한 느낌이 드니 그런 말은 하지 말고 지금 당장 입원하자고 토시키는 아내에게 애원했지만 그녀는 꿈쩍도 하지 않았다.

결국 입원하게 되기는 했지만 그것은 쓰러져서 실려 간 뒤였다. 병명을 파악한 때는 그 뒤로부터 한참 후였다.

면회가 가능한 상태였을 때 후타바는 두 딸에게 이렇게 말했다.

"미안해."

토시키에게는 아무 말도 하지 않았다. 그런 말을 할 사이가 아니기 때문이다. 게다가 토시키는 그 말이 의미하는 바를 받아들일 생각이 전혀 없었다. 완벽하게 거부하고 있었다.

거부에 대해서는 후타바도 마찬가지였다. 후타바는 대도시의 전문 병원으로 이송되기를 완고하게 거부했다. 이유는 모른다. 스스로도 모른다고 했다.

부부 사이에 이 정도로 심각하게 의견이 대립한 적은 처음이었다. 토시키는 병 때문에 후타바의 사고 기능이 이상해졌다고 받아들였다. 그랬는데 문득 다른 생각이 의식을 스쳤다.

마치 살아남기를 거부하고 있는 것 같았다.

전문가가 없는 지방 병원에서 후타바는 괴롭게 투병했다. 딸들에게 어머니를 만나게 할 수 없는 상태가 되고 말았다. 토시키는 더이상 등에 스며드는 어떤 예감을 뿌리칠 수가 없었다.

가망이 없어진 후타바가 예전에 했던 말을 다시 언급했다.

"있어야 할 곳에 있게 될 거야."

지금 죽음도 마찬가지라는 건가?

토시키는 손을 놓고 있지 않았다. 일본에 존재하는 무수한 병원에서 면역 관련 질환 치료 경험이 풍부한 병원을 찾아내 문의도 하고 직접 접촉도 했다. 그렇게 지바 현의 대형 병원에 상담한 후에 강제적으로 후타바를 데리고 갈 준비를 진행하고 있을 때 휴대전화가 울렸다. 누구인지 알 수 없는 목소리가 후타바의 사망 시각을 알렸다.

간호사가 토시키 앞으로 남긴 후타바의 마지막 말을 전하러 왔다.

'이건 이별이 아니야.'

늘 올바른 말만 하던 그녀가 마지막에 틀린 말을 했다.

죽음은 최종적인 이별이 아니던가.

토시키는 놀랐다.

심하게 울면 정말 목에서 꺼억꺼억 하는 소리가 난다는 사실에 말이다.

벌써 며칠이 지났다. 책상에 걸터앉아 가만히 있었다. 아무것도 읽지 않고 아무것도 듣지 않고 아무와도 이야기하지 않았다. 딸들은 할머니에게 맡겼다.

딸들은 때때로 발소리를 내며 찾아와 토시키의 모습을 보고 겁을 먹었다. 토시키는 딸들이 자기를 무서워한다는 사실을 알았지만 어떻게 해줄 수가 없었다.

자기 생각을 제어할 수가 없었다. 어느 순간 아주 잠시 동안 어딘가의 누구와 거래해서 두 딸과 후타바의 목숨을 교환하는 방법이 없을까 하는 생각이 스쳐 지나갔고 그런 자신에게 소름이 돋았다. 토시키는 후타바를 되찾기 위해서 얼마나 지불해야 할까 하는 생각에 사로잡혀 있었던 것이다.

그런 방식이 통하지 않는 것이 죽음이다. 하지만 토시키의 의식은 그 사실을 꽤 오랫동안 아주 필사적으로 외면하려 했다.

신사 장례식에 나설 상태가 되지 못했다.

오랜 시간이 지나고 토시키가 방에서 나왔을 때 토시키 외의 이 토모리 사람들은 비탄에서 회복된 상태였다. 토시키는 가벼운 혼란을 느꼈다. 토시키보다 더 오래 후타바와 알고 지냈으며 길게 사귀었던 그들이 어떻게 그렇게 쉽게 그녀를 보낼 수 있는가. 도리에 맞지 않는다는 생각이 강하게 들었다.

"어째서!"

그들의 회복 방식도 토시키에게는 이상하게만 보였다.

미야미즈 히토하는 얼마나 울었는지 모르지만 그 모습을 토시키에게 보이지 않았다. 방 밖으로 나온 토시키는 그녀에게서 흐트러진 기색을 느끼지 못했다. 그녀는 비교적 평온한 자세로 일상에 복귀했다.

히토하는 토시키에게 무섭고도 끔찍한 말을 내뱉었다.

"후타바가 이게 운명이라고 했다면 그런 것이겠지."

말도 안 된다.

토시키는 후타바의 발언을 어떤 종류의 신탁으로 받아들이고 싶어하는 마음이 이 마을의 일부 사람들 사이에 존재한다는 사실을 알고 있었다.

하지만 미야미즈 히토하에게는 당신마저 그런 마음에 편승하지 말라고 외치고 싶었다.

만일 스스로 억지로 납득하기 위해서 쥐어짜 낸 대사라고 해도 그 말은 결코 용납되어서는 안 되는 말이었다.

후타바의 죽음을 필연적인 일로 받아들이려는 미야미즈 히토하를 그냥 두고 볼 수는 없었다.

후타바는 신의 사자가 아니라 인간이었다.

친딸이 죽었지 않은가.

어째서 일개 인간이 죽었을 때처럼 슬퍼하지 않는 것인가.

"어째서!"

마치 현실과 완전히 다른 상식으로 구성된 다른 세계에 빠져든 기분이었다.

마을 사람들, 특히 나이 든 사람들이 "후타바 씨는 좋은 사람이고 훌륭한 사람이니 신이 빨리 불러들인 거야"라고 말하는 것도 참을 수 없었다.

그런 바보 같은 소리가 어디 있는가.

후타바는 토시키의 앞에서 '평범한 사람' 외에는 아무것도 아니었다.

만나는 사람마다 비슷한 말을 해서 공포스러울 정도다.

한 사람이 죽었다는 사실을 평범하게 슬퍼하는 사람은 없었다.

이상하다.

다들 미쳤다.

토시키는 서서히 분노가 솟아남을 느꼈다.

후타바를 잃었다는 사실을 토시키는 마지막까지 완전하게 받아들이지 못했다. 불합리하게 빼앗겼다는 생각에서 벗어날 수가 없었다.

누군가에게 이 불합리함을 책임지게 하고 싶다.

누군가가 어떠한 대가를 지불하게 만들어야만 만족할 수 있다.

토시키는 무의식적으로 그 대상을 찾았다.

그리고 토시키의 눈에 들어온 것은 이 마을의 수면 아래에 존재하는, 미야미즈 신사를 중심으로 하는 통합력의 소용돌이였다.

이 마을 사람들의 의식 저변에는 수평으로 넓게 펼쳐진 그물이 존재해서 사람들은 다들 그 그물눈의 어딘가에 자리 잡고 있다. 제로 좌표에는 미야미즈 신사가 있다. 이 그물눈에 후타바는 걸려 있었던 것이다.

후타바가 마지막에 이상해진 이유는 사람들이 그 그물눈을 통해 비정상적인 시선으로 그녀를 보았기 때문이다.

미야미즈에서는 물건이나 사람과의 관계성을 신이라고 부른다.

그렇다면 그는 신에게 배신당한 것이다.

그런 건 한 번도 후타바를 구해주지 않았다.

오히려 그것이 후타바를 죽였다.

토시키는 신에 대한 신앙을 중심으로 삼는 공동체를 더 이상 신뢰할 수 없게 되었다.

부수고 싶다.

이 구조를 부수고 싶다.

신이라는 개념이 마음에 들지 않고 그에 좌우되는 사람들도 마음에 들지 않았다.

그런 것 때문에 후타바는 인간으로서 제대로 된 죽음조차 맞을 수 없었다.

제대로 애도를 받지 못했다.

말도 안 되는 일이다.

하다못해 죽은 뒤에는 후타바를 인간으로 되돌려주고 싶은데.

그럴 수 없다니 '어째서인가'.

이 마을의, 미야미즈 신사를 중심으로 돌아가는 정신 상태가 정상이 아니기 때문이다.

이 마을은, 지금이 근대라고는 믿어지지 않을 정도다.

이 마을을 홀리고 있는 미야미즈 신사라는 의식의 괴물을 물리쳐야 하지 않을까.

이 마을의 구조를 바꾸어야 한다. 미야미즈 신사가 아니라 더 근대적인 구조를 중심으로 돌아가도록 만들어야 한다.

너무나 강하게 여러 번 반복해서 이런 생각을 한 탓에 후타바에 대한 미움조차 약하게나마 생겨날 정도였다.

7

토시키는 미야미즈가를 나왔다. 히토하의 시점으로 보자면 쫓아낸 것이 되리라.

그 부분에 있어서는, 미야미즈 히토하와 무척 감정적이고 격렬한 논쟁을 벌였다. 그 논쟁은 길고 길게 계속되었다.

미츠하와 요츠하가 귀를 막는 모습을 보았다. 그 모습을 봐도 큰 소리를 내는 일을 멈출 수가 없었다.

결국 미야미즈 히토하가 나가라고 외쳤다.

토시키는 그 말을 듣고 소리를 내서 웃었다. 그는 처음부터 나가겠다는 말을 하고 있었기 때문이다. 그런 그에게 나가라는 말이 상처가 되리라 생각하는 것일까. 웃음을 멈출 수가 없었다.

나이가 칠순을 지났는데 그렇게 큰 소리를 낼 수 있다니 대단하기는 하다.

예상하지 못한 결과가 한 가지 있었다. 토시키는 미츠하와 요츠하를 데리고 갈 생각이었다. 당연히 딸들의 할머니는 반대했다. 또다시 말싸움이 시작되었다.

토시키는 딸들에게 손을 내밀었다. 아버지와 함께 가자고.

미츠하는 뒤로 물러서며 고개를 저었다.

요츠하는 처음부터 할머니 뒤에 숨어 있었다.

미츠하의 얼굴에는 분명한 공포가 서려 있었다.

하다못해 미츠하만이라도 이 어두운 신사에서 해방시켜주고 싶었다. 데리고 나가고 싶었는데….

그때 마음에 박힌 가시는 아직도 뽑히지 않았다. 기억을 떠올리기만 해도 그 부분이 아프다.

'너도 미야미즈의 여자라 이거냐.'

토시키는 손을 거두고 몸을 돌려 떠났다. 두고 온 것들은 일단 그대로 두고 나중에 처리하기로 했다. 그에게는 해야 할 일이 있었다.

이 꿈에 젖은 마을을 일깨워야 한다.

그러기 위해서 정계에 뛰어들었다.

이 마을의 분위기를 근대화해야 하고, 지방 행정을 중심으로 돌아가게 만들어야 하며, 정체를 알 수 없는 과거의 유산은 시간의 흐름에 쓸려가도록 해야 한다.

이제 그 신사는 이 마을에 필요 없다. 더욱더 필요 없는 존재가 될 것이다.

그러기 위해서는 서로 돌아가면서 적당히 이름만 올리는 것이 아니라, 강하고 적극적인 자치 단체가 필요했다.

직접 현실로 만들 것이다.

즉 신에게서 철저히 배신당한 토시키는 신앙의 대상을 바꾸기로 한 것이다.

전근대적인 권력 구조에서 근현대적인 통치 구조로.

호수를 중심으로 미야미즈 신사의 반대편에 자리 잡은 주택을 빌렸다. 그곳을 집 겸 사무실로 사용하며 마을 정치와 협의 기구를 연구하기 시작했다.

처음에는 주민 센터를 오가며 회의 자료를 복사했다.

그 자료를 가지고 돌아와 구상을 시작했다.

마을의 문제점을 나열하고 그것이 얼마나 현재 체제에서 무시당하고 있는지를 호소하기에 가장 효과적인 웅변을 고안했다.

이토모리에서 일을 하는 사업자들이 어떤 불만을 지니고 있는지, 그리고 그것을 자신이 어떻게 해소해줄 수 있는지 자료를 정리했다.

이 마을에서 발언권을 지니고 있으며 미야미즈 신사와 관련성이 적은 인물과 접촉했다. 토시키는 스스로 앞장서서 마을 정치에 대한 이상론을 펼치고 그들에게 어떤 이득을 줄 수 있는지를 은근히 언급했다. 처음에는 당혹스러운 시선으로 그를 바라보던 사람들도, 어디서 어떻게 자금을 끌어올 것인지 구체적으로 계획을 제시하자 그에게 관심을 보였다. 결국 정치는 돈의 흐름에 따라 움직이며, 그 자금이 자기들에게 흘러올 것이라 믿게 만들면 사람들은 그를 따라오게 되어 있었다.

그렇게 비밀리에 협력자를 만들어나갔다.

대담하게 테시가와라 건설을 찾아간 것은 정답이었다.

테시가와라 건설은 미야미즈 신사의 씨족 회의에서 제법 높은 위치이며, 미야미즈와 관계가 깊은 기업이다. 게다가 미야미즈 신사의 수입 내역을 보면 테시가와라 건설로부터 지신제 때 받는 기부금이 상당한 비율을 차지하고 있었다. 즉 테시가와라는 미야미즈 신사에게는 중요한 단골손님인 것이다. 미야미즈는 테시가와라에게 강한 태도로 나설 수 없는 입장이었다. 그런 부분을 고려해서 접촉한 결과는 상당히 좋았다.

직원을 많이 고용해야 하는 건설업은 고정 지출이 많기 때문에, 안정적인 수주를 받을 수 있는 환경을 간절히 바라는 업종이다. 그렇기에 토시키의 제안에 가장 적극적으로 응했다. 그들의 표를 모으면서, 현재의 이장에게 모일 표를 분산시켜달라고 부탁했다. 그들은 열심히 움직였다. 그 행동의 가치를 충분히 고려해서 나중에 이익을 돌려줄 생각이었다.

실제로 선거 기간에는 토시키가 미야미즈라는 성을 지녔다는 사실이 큰 무기가 되리라. 당연히 그것도 최대한 이용할 것이다. 토시키에게는 괜한 고집을 부려 이런 장점을 버릴 생각이 전혀 없었다.

미야미즈는 원래 이 마을의 영주 가문이었다. 그 사실은 마을 사람들의 저변 의식에 깊이 깔려 있다.

그 점을 이용해서 그들의 의식을 바꾸어야 한다는 사실이 얄궂고 반드시 유쾌하지만은 않았지만 말이다.

8

그렇게 2년간의 준비 기간을 거쳐 이장 선거에 처음 출마한 토시키는 이토모리의 이장이 되었다.

취임과 동시에 새로운 계획을 세워 차례로 실행했다. 후원자들에게는 분명하게 이득이 돌아가도록 세심하게 처리했다.

다소 어두운 소문이 돌아도 상관하지 않았다. 오히려 점수를 더 땄을 정도였다.

지금까지의 무사태평주의인 이장과는 달리 수완이 좋은 이장으로서 착실하게 평가를 굳혀갔다.

적어도 세 번 정도는 이장을 연임할 생각이었다. 여기서 좋은 평가를 받지 않고 어떻게 해낼 수 있겠는가.

미츠하와 요츠하와는 가끔 만났다.

미츠하는 아버지가 자기를 버렸다고 생각하는 모양이었다.

그 인식은 옳을 것이다.

점점 후타바와 닮아가는 미츠하가 무서웠다.

보기만 해도….

얼려버린 무엇인가가 치밀어 오르는 것 같았다.

요츠하도 언젠가는 그렇게 변할까.

9

그렇게 6년이 지나고 첫 임기가 곧 끝날 즈음이었던 어느 날 저녁에 장녀의 모습을 한 무엇인가가 미야미즈 토시키를 습격하고는 떠나갔다.

10

어떤 기척을 느끼고 추억에서 깨어났다. 눈을 뜨자 정전이라는 것을 깨달았다. 미야미즈 토시키는 중저음이 섞인 파열음이 멀리서 들려오는 듯한 기분이 들었다.

비상 전원이 들어와서 사무실의 조명은 곧 회복되었지만, 원래 전원이 회복될 기미는 없어 보였다. 이토모리 마을 전체가 정전 상태였고 근처 마을은 정전이 되지 않았음을 확인했다. 이토모리 마을에 전기를 제공하는 산속 변전소가 폭발 사고를 일으켰다고 했다. 철탑이 쓰러졌다는 보고도 들어왔다.

토시키는 사무실을 나서며 몇 가지 지시를 내렸다.

"소방대에 변전소 상태를 살피고 오라고 지시하게. 다친 사람이 있을 경우를 대비해서 각 병원과 정보를 공유하도록. 근처 다른 마을의 소방서에도 상황을 전하고 대기를 부탁하도록. 서둘러서 중앙 전기 관리국에 연락하고. 그리고 현 경찰 전화번호를 찾아줘. 내가 걸 테니까."

지시를 마치기도 전에 틀지도 않은 사이렌이 마을 전체에 울려 퍼졌다. 방재 방송 스위치가 켜지는 '달칵' 소리도 났다. 그리고 마을 여기저기에 설치된 마을 방송용 스피커를 통해 누구인지 알 수 없는 여자의 목소리로 피난 지시가 내려졌다. 산불이 일어났으니 지정 구역의 주민은 한 명도 남기지 말고 이토모리 고등학교로 피난하라는 내용이었다.

그런 방송이 마을 전체에 퍼졌고 계속해서 반복되었다. 방재과 직원이 뛰어 들어가서, 주민 센터의 방송실을 확인하고 돌아왔다. 아무도 없다고 했다.

"누가 무선으로 접속했군." 누군가가 말했다.

"이 방송을 멈추도록. 그리고 어디서 방송하는지 알아내라."

직원들이 일제히 움직였다.

즉시 추적 결과가 보고되었다. 발신지는 이토모리 고등학교였다.

곧 교장에게 연락해서 교사를 시켜 방송실에서 방송 중인 잘못된 방송을 멈추게 했다.

해킹당한 무선을 회복한 후 주민 센터 방송실에서 정정 방송을 보냈다. 소방대의 보고에 따르면 변전소에서 산불이 발생할 위험은 없었다.

무선을 해킹한 범인은 이토모리 고등학교에 다니는 여학생이라고 했다.

"붙잡아서 상황 설명을 듣도록. 나중에 보고를 듣겠다."

사태가 일단락되고 겨우 한숨을 돌린 후, 미야미즈 토시키는 이장실 가죽 의자에 몸을 기댔다.

긴장이 풀리면서 마비되었던 상상력이 움직이기 시작했다.

가짜 피난 지시를 내려서 뭘 어떻게 할 셈이었을까…?

몸을 일으켜 내선 버튼을 눌렀다.

"경찰에게 고등학교에 가보라고 지시하게. 방재과 직원 몇 명도 함께 보내고. 마을 사람들을 모은 후에 어떤 위험한 짓을 하려 했는지 알 수 없으니까."

이렇게 말한 후에 토시키는 갑자기 고개를 들었다. 자기 입에서 흘러나온 말을 계기로 다양한 방향으로 생각이 이어졌기 때문이었다. 지금까지 깨닫지 못했던 것이 이상할 정도였다.

사람을 모아, 피난시킨다….

다시 입을 열려고 했을 때 내선 저편에서 직원이 손님이 찾아왔음을 알렸다. 찾아온 사람은 미야미즈 히토하와 미야미즈 요츠하였다. 장모가 여기까지 찾아온 일 자체가 비상사태였다.

성격이 완전히 온화해진 미야미즈 히토하와 어째서인지 남자아이처럼 자란 요츠하가 이런 이야기를 들려주었다.

오늘 아침부터 시작된 미츠하의 이상한 행동.

혜성이 이곳에 떨어질 것이라고 말했다. 축제로 향하려던 초등학생을 억지로 가로막았다. 히토하와 요츠하만이라도 멀리 피하라고 말했다….

장모가 미츠하가 찾아오면 이야기를 들어달라는 말을 꺼낼 즈음, 토시키는 이미 아무런 말도 들을 수 없는 상태였다.

창문을 열었다. 밤하늘을 가로지르는 혜성이 보였다.

응시할 필요도 없이 혜성의 꼬리가 보였다.

두 갈래로 갈라져 있었다.

그 모습을 본 순간….

이후에 곧 무슨 일이 벌어질지 무의식적으로 깨달았다.

하늘에서 별이 떨어져서.

꼬리를 끌고 떨어진 별이 용으로 인식되고.

그 용은 직물로 물리칠 수 있다.

직물, 혹은 실매듭은 사람과 사람이 이어짐을 의미하는 표현.

아아, 이것은.

후타바와 처음 만났을 때 나눈 대화다.

모든 이미지는….

처음부터 자기 마음속에 존재했다.

그저… 그런 이미지를 유기적으로 결합하는 열쇠가 나타나기만 하면 되었다.

그 열쇠가 나타나면 그는 모든 사실을 이해할 수 있게 되리라….

그런 사실을 무의식적으로 이해하기 시작했지만 의식의 표면에 거주하는 상식이 그 사실을 부정했다. 토시키의 표층 의식은 그 열쇠가 나타나면 버럭 분노할 준비를 하고 있었다. 바보 같은 소리를 내 귀에 스며들게 하지 말라고.

자신이 두 명으로 분리된 것 같았다.

그리고.

그 열쇠는 노크도 하지 않고 찾아왔다.

토시키는 화를 냈지만 그 목소리는 자기 내면에서 허무하게 메아리쳤다.

이장실 문을 열고 들어온 미츠하는 진흙투성이였고 쓸린 상처로 엉망이었다.

'너는 누구냐'고 자신이 묻지 않았다는 사실을 깨달았다. 아무것도 묻지 않아도 이 미츠하가 진짜라는 사실을 알았으니까.

아마도 눈을 감고 귀를 막아도 기척만으로 미츠하라는 사실을 알았을 것이다.

미츠하가 무슨 이야기를 하러 왔는지는 알고 있었다.

토시키의 마음속에서 별이 떨어졌다.

별의 이미지.

그 별이 떨어지는 이미지.

떨어지는 별 이미지 위로 실매듭의 이미지가 겹쳐졌다.

실매듭이 풀리면서 별을 휘감는다.

모두 있어야 할 곳에.

토시키의 마음속에서 휘감겨 있던 모든 것이 풀리면서 적절한 위치로 되돌아갔다.

그리고 준비되어 있던 답이 찾아왔다.

설마….

지금 자신이 이 위치에, 여기 있는 것이, 정해진 하나의 운명이었다는 뜻인가.

미츠하의 비현실적인 말을 들을 수 있는 토시키 자신은, 마을의 모든 사람들에게 간섭할 수 있는 권력을 지니고 있다.

그렇다. 지금의 자신은 사람들을 피난시켜달라는 미츠하의 부탁을 듣고, 모든 마을 사람들에게 피난 명령을 내릴 수 있는 입장이다.

그런 강한 권력을 가진 존재가 되고 싶다고, 언제부터인가 스스로의 의지로 강하게 바랐다.

그래서 지금 그는 이곳에 있었다.

그런 모든 일이 "이 세상의 모든 것은 있어야 할 곳에 있는 법이다"라는 말의 의미였을까.

자신이 이곳에 있는 데는 의미가 있었던 것인가.

미야미즈 토시키의 마음속에서 6년 전부터 계속 여는 방법을 알수 없었던 감옥이 열렸다.

그 열쇠를 지닌 사람은….

무척 그리운 얼굴을 지니고 있었다.

완전히 똑같지는 않았지만 어렴풋이 생김새가 남아 있었다.

두 번 다시 볼 일이 없으리라 생각했던 얼굴이 그곳에 있었다.

그렇다. 후타바의 말이 맞았다. 그것은 이별이 아니었다. 그녀는 언제나 옳았다.

너의 이름은.
Another Side : Earthbound

2017년 1월 15일 초판 발행
2017년 1월 25일 3쇄 발행

저자 · KANOH Arata
일러스트 · Masayoshi Tanaka, Hiyori Asahikawa
역자 · 김빈정
발행인 · 안현동
편집인 · 황민호
출판사업본부장 · 박종규
책임편집 · 성명신 장연지
마케팅본부장 · 김구회
마케팅 · 이상훈 김학관 김종국 반재완 이수정 임도환
국제업무 · 이주은 김준혜 오선주 장희정 박경진 위지명 김부희
제작 · 심상운 최택순 성시원
한국판 디자인 · 디자인 우리
발행처 · 대원씨아이(주)

서울 특별시 용산구 한강로3가 40-456
편집부 : 02-2071-2104 FAX : 02-794-2105
영업부 : 02-2071-2061 FAX : 02-794-7771
1992년 5월 11일 등록 3-563호

http://www.dwci.co.kr

원제 : your name. Another Side : Earthbound
© 2016 KANOH Arata
© 2016 TOHO CO., / CoMix Wave Films Inc. / KADOKAWA CORPORATION /
East Japan Marketing & Communications,Inc. / AMUSE INC. /
voque ting co.,ltd. / Lawson HMV Entertainment, Inc.
First published in Japan in 2016 by KADOKAWA CORPORATION, Tokyo.
Korean translation rights arranged with KADOKAWA CORPORATION, Tokyo.

ISBN 979-11-334-3790-0 03830

저, 트윈 테일이 됩니다 9

글 미즈사와 유메
일러스트 카스가 아유무
번역 김정규

가을이 되어서, 요게츠 학원 고등부에서는 축제를 개최. 소지와 반 공인인 사이가 된 에리나에게 질 수 없다고 의욕을 불사르는 아이카와 친구들. 한편, 테일 블루가 파워업 했다는 것을 알고 초상집 분위기가 된 얼티메길. 그런 상황에서, 백합 속성을 지닌 티라노 길디는, 병사들에게 트윈 테일즈가 키스하는 모습을 보여줘서 사기를 높이려는 작전을 지휘한다. 하지만 그것을 알게 된 투알과 동료들은, 오히려 그 작전을 이용해서 소지가 키스하고 싶은 마음을 갖게 만들려고 한다. 그런 상황에서 또다시 모습을 드러낸 이와바네 유노는, 테일 레드가 아니라 그 정체인 소지에게 데이트를 요구하는데ㅡ.

RAIL WARS! 8
─일본국유철도공안대─

글 토요다 타쿠미
일러스트 버니어600
번역 이은주

철도공안대에서 노도와 같은 OJT 연수를 시작한 지도 4개월. 계절은 여름! 케이온과 나, 타카야마 나오토에게도 마침내 바캉스가 찾아왔다. 바로 '국철 키하8000계'를 타고 우에노→아이즈로 여행을 떠나는 우리들. 그러나 국철 아이즈선에 있는 '환상의 역'에서는 무시무시한 대사건이 진행되고 있었다…. 내 평생 안정 국철 인생은 또다시 절체절명!!
국철이 분할 민영화되지 않은 또 하나의 일본을 무대로 꿈의 철도 파라다이스 엔터테인먼트 제8탄! 본선 신호 양호~!!

N T N o v e l

군사 카르디아 5

글 카즈사 토모히로
일러스트 쇼우나 미츠이시
번역 이형진

군사 카르디아 시엘의 교묘한 전술과 군사 니아의 목숨을 건 행동에 의해 프레리카군은 제국 4장인 벨가를 물리치는데 성공. 에류딘 땅을 손에 넣은 시엘은 제국의 움직임에 대비하여 군사 지오드 아레이아가 이끄는 파르디나로 향한다. 그 무렵 황제가 위독하다는 소식에 술렁이는 토레 제국에서는 군사 튜리온 유미카가 대원수 진에게 프레리카의 약점을 간파한 가공할 만한 전략을 내놓았다.
세 명의 천재 군사가 전선에 나란히 발을 내딛고, 러커스의 패권을 둘러싼 전투의 국면은 마침내 전면 충돌을 향해 움직이기 시작한다─!!

N T N o v e l

류가죠 나나나의 매장금 7

글 오오토리노 카즈마
일러스트 아카링고
번역 김혜리

《게임》의 생존자는 9명으로 추려졌다. 다음 무대는 2명 혹은 3명이 팀을 이뤄서 도전하는 두뇌전. 나는 테츠와 정체불명의 부잣집 아가씨 아게하와 같은 팀이 되었다. 그런데 느닷없이 "내 하인이 되어줘야겠어" 라니 너무 제멋대로 아닌가?
어쨌든 【M】의 꿍꿍이를 경계하면서 유키히메 누나, 하르트, 이쿠사바 씨, 텐사이 같은 강적들과 어떻게 싸울까 고민하던 때─버터코 씨가 난입했다─! 심지어 여기 있을 수 없는 어떤 사람까지…?! 뒷거래와 배신이 난무하고 덫과 책략이 적의를 드러낸다!! 초배틀 로열, 급전개!!

N T N o v e l

신약 어떤 마술의 금서목록 15

글 **카마치 카즈마**
일러스트 **하이무라 키요타카**
번역 **김소연**

신도 능가하는 오른손을 가진 두 소년의 격돌이 있고 나서 하룻밤이 지나고, 카미조 토우마와 카미사토 카케루는 양보할 수 없는 마음을 가슴에 품고, 학교 식당에서 배식판을 들고 서로를 노려보는데?! 세계를 건 싸움보다도 유급의 위협을 느끼고, 그런 데 신경쓸 때가 아닌 카미조. 한편 카미사토도 왠지 친근하게 접근해 온다. 이건 의외로 뜨거운 우정 노선으로 루트 변경 이? 하고 느낀 찰나. 도시에 반라 레인코트의 소녀가 나타났다. 그 반라 소녀의 정체는 수수 께끼의 제3세력… 이 아니라, 그 카미사토조차 두려워하는 여동생 살로메인데??!

N T N o v e l

수리점의 파괴신

글 **슈몬 유우**
일러스트 **마로**
번역 **권미량**

시라도 치즈. 소에치 고교에 다니는, 기억을 잃은 가출 소녀. 그리고…….
"어이, 시라도 치즈. 이번엔 뭘 부순 거냐?" "뜨끔."
청순한 외모와 달리 뻔뻔하고 게으른 그녀가 '무심코' 물건을 부수면 어째서인지 세계의 법칙 이 망가지는 것이었다. 세계를 수리할 수 있는 건 망가진 법칙의 '밖'에 있을 수 있는 소년·루 이 뿐ㅡ.
이것은 산전수전 다 겪은 노련한 수리상과 사랑스러우면서도 살짝 세속적인 파괴신(?)의 소 란스러운 일상을 그린 이야기이다.

개와 가위는 쓰기 나름 9

글 **사라이 슈운스케**
일러스트 **나베시마 테츠히로**
번역 **이은주**

모미지의 성장을 보고 깨어나지 않게 된 쿠로. 여한이 없어지면 이 두 번째 생도 끝나버리는 걸까…. 그런 내 고민을 무시한 채 이번에는 하야사키 스텔라가 마키시에게 선전포고를! 게다가 승부는 '아이돌 라이브 로열'이라니, 왜 아이돌 대결인 건데?!
게다가 신이나바 거리에서 어떤 사건이 일어난다. 이것도 나즈나가 꾸민 건가 싶었는데 '중년남성 연속실종사건'이라니, 그게 뭐야?! 누가 이득을 본다고?! 대인기 부조리 코미디 제9탄!!

마장학원 H×H 3

글 **쿠지 마사무네**
일러스트 **Hisasi**
번역 **이형진**

율리시아를 보자마자 화를 낸 MASTERS의 소녀 스칼렛. 율리시아를 라이벌로 생각하는 스칼렛은 그녀를 분하게 만들려고 일부러 키즈나와 데이트를 한다. 거기에서 키즈나는 두 사람의 숨겨진 과거를 알게 되는데?!
그런 와중에 강적 그라벨이 아타락시아를 습격한다. 타도 그라벨을 위해 키즈나에게 주어진 새로운 미션— 그것은 미끈미끈 플레이로 율리시아와 스칼렛을 동시에 기분 좋게 해주는, 연결개장(커넥티브 하이브리드)이었다!!

종말에 뭐하세요? 바쁘세요? 구해 주실 수 있나요? 4

글 카레노 아키라
일러스트 ue
번역 김진수

요정병 크토리 노타 세니오리스는 소멸하고 빌렘 크메슈 2위 기관은 요정병 네프렌과 함께 어둠에 삼켜졌다. 이야기는 끝났다. —그러나. 빌렘은 낯익은 어느 방에서 눈을 뜬다. 그의 앞에 나타난 것은 이미 세상을 떠난 딸 알마리아. 그리고 옛 동료 나부르테리가 전하는 진계 재상 성가대(트루 월드)의 진실. 그것은 시간의 저편으로 사라졌던 종말의 광경—.
밤의 어둠속, 새로운 〈짐승〉이 포효한다.

야한 이야기라는 개념이 존재하지 않는 지루한 세계 9

글 아카기 히로타카
일러스트 시모츠키 에이토
번역 이은주

'SOX' 결성으로부터 약 1년. 하지만 야한 이야기의 해방은 여전히 요원하고 지나친 규제는 지나친 연기를 하는 AV여배우처럼 그 추태를 드러내고 있다. 성 지식을 가지지 못한 탓에 상처 입은 안나를 위해서라도 어서 야한 이야기를 해방시켜야 하는데…. 그리고 'SOX'에게 에로 굿즈와 이용자 데이터가 잠들어있는 지하 국회 도서관의 정보가—. 그것은 규제를 깨는 강력한 보물! 그들은 성(性)스러운 무기를 찾아 체제의 은밀한 부위로 파고든다! 절대로 규제 따위에 지지 않을 거야!!